Guðfinna (Guðmundsdóttir)

Guðrún (Guðmundsdóttir)

Guðný (Guðmundsdóttir)
die Starke
Großmutter des Erzählers

⚭

Ólafur (Haraldsson)
Bracker Óli, der Trinker
Großvater des Erzählers

Þórdís (Haraldsdóttir)

Magnús (Haraldsson)
der vorbildliche Hafen-
arbeiter und hilfreiche Onkel

Jóhanna (Haraldsdóttir)

Haraldur (Ólafsson)
genannt Halli
brachte seiner Mutter
Kaffee aufs Grab

Ivar (Ólafsson)
bekam als Kind eine
Krone geschenkt, weil er
so dünn war, und wurde
später ein reicher Mann

Kári (Ólafsson)
der Boxer
erster Landesmeister
im Schwergewicht

Ragnar (Ólafsson)
der Riese

Sigrún (Ólafsdóttir)
die Einsame
»Professor der
Wurstherstellung«

Guðmundur (Ólafsson)
genannt Gummi
schrieb seine
Autobiographie

Sæunn (Ólafsdóttir)
das kranke Mädchen

Finnur (Ólafsson)

Ólafur (Ólafsson)
Vater des Erzählers

Einar (Ólafsson)
das Quasi-Einzelkind

Einar Már Guðmundsson

Fußspuren am Himmel

Roman

Aus dem Isländischen
von Angelika Gundlach

Carl Hanser Verlag

Die Originalausgabe erschien unter
dem Titel *Fótspor á himnum*
1997 bei Mál og menning in Reykjavík

Wir danken dem Fund for
the Promotion of Icelandic Literature
für die Förderung der Übersetzung.

1 2 3 4 5 05 04 03 02 01

ISBN 3-446-20051-7

Satz: Gaby Michel, Hamburg
Druck und Bindung: Franz Spiegel Buch GmbH, Ulm
Printed in Germany

Zur Erinnerung an meine Großmutter
Ingibjörg Gísladóttir,
geb. 4. 11. 1882 – gest. 25. 6. 1965

Heut hab ich im Buch der Geschichte gelesen,
wo Wenige, Große erscheinen.
Die aber, die ihre Helfer gewesen?
Wo stecken die Vielen, die Kleinen?
Weswegen, Geschichte, zeigst du sie nicht?
– Ich vermisse die Kindlichen, Warmen,
die schutzlos durch Dunkel und Kälte ans Licht
aufstiegen auf Mondsilberarmen.

Mir scheint er versperrt, dieser Blick zurück.
Ich traue nicht mehr dem Buche.
Jetzt geh ich mit Licht übers Land auf gut Glück,
die schweigenden Gräber ich suche,
an denen wir nur mit dem Herzen erfahren,
wer in dieser Erde verschwunden:
um hier all die Liebe zu bewahren,
die sonst nie Erwähnung gefunden.

Jóhannes úr Kötlum

Erster Teil

Kapitel eins

1

Die Sander waren von Rauhreif bedeckt.

Die Erde war weiß wie ein Brautkleid, besetzt mit glitzernden Steinen.

Frostnebel hing in der Luft.

So erinnerte sich Guðný, meine Großmutter väterlicherseits, an das Wetter, wenn sie an die Gegend daheim auf dem Lande zurückdachte und als kleines fröhliches Mädchen am Rand der Hauswiese stand.

In der Ferne stiegen die Berge auf wie Wellen und wallten als Wölbungen aus dem Bauch der Erde.

Manchmal wogen sie im Traum, buchten sich aus, als wären in ihnen Föten in Bewegung.

Großmutter ist ein kleines Mädchen.

Sie guckt den Weg entlang: Die Welt sieht seltsam aus im Frostnebel an den rauhreifbedeckten Sandern.

Einer nach dem anderen haben ihre Vorväter versucht, diese Sandböden zu kultivieren, aber diese gewinnen immer die Oberhand, durchlöchern die Grasnarbe und bewegen sich von Hauswiese zu Hauswiese.

Großmutter sieht eine Bewegung am Weg.

Da ist eine Karawane mit vier Pferden, die sich dahinschleppen, mit hängenden Köpfen und schwer beladen. Auf den vorderen Pferden sitzen ein Mann und eine Frau mit je einem Kind vor sich. Zwischen den Rückenlasten der hinteren Pferde gucken zwei weitere Kindergesichter hervor.

In ihrer Fröhlichkeit winkt Großmutter den Leuten zu, aber die Leute ziehen vorbei wie Gespenster.

Sie läuft in den Hof und holt ihre Mutter.

»Was für Leute sind das, Mama?« fragt sie.

»Das ist ein Gemeindeumzug«, sagt Ásthildur, ihre Mutter.

»Ein Gemeindeumzug?«

Großmutter hat das Wort schon gehört, denkt aber in ihrem Kinderverstand irrtümlich, die Gemeinden zögen weg, wegen Treibsandes oder anderer Umwälzungen in der Erde.

»Diese Leute sind so arm, daß sie nicht für sich selbst sorgen können und auch nicht für ihre Kinder«, sagt ihre Mutter.

»Glaubst du, es geht ihnen hier besser?«

»Hoffentlich, das gebe Gott«, antwortet ihre Mutter, die alles mit Gott verknüpft.

Aber den Leuten erging es nicht gut.

Die Eheleute mußten auf verschiedenen Höfen dienen. Die Mutter hatte das jüngste Kind bei sich. Die anderen Kinder wurden an den Meist-, oder richtiger, Wenigstbietenden versteigert. Sie kamen zu denen, die für ihre Aufnahme am wenigsten verlangten.

Dann starb eines der Kinder, ein zehnjähriger Junge, der auf einem kleinen, kargen Hof gelandet war.

Der Vater des Jungen hatte mehr als einmal beim Landrat und beim Pastor über die Behandlung seiner Kinder geklagt, aber keiner von beiden hatte das Jammern dieser elenden Armenhäusler beachtet.

Man konnte aus weiter Entfernung die Rippen des Jungen zählen. Er starb angeblich ganz plötzlich. Später ging das Gerücht, es sei nicht mit rechten Dingen zugegangen bei seinem Tod.

Er hatte an beiden großen Zehen Brand bis in die Knochen und Wasserschwellungen an den Beinen. An der Leiche fand man Wunden an den Ohrläppchen und einer Schläfe und an Rücken und Schenkeln.

Bei den Vernehmungen stellte sich heraus, daß der Junge mißhandelt worden war. Der Bauer gab zu, ihn mit der Rute verprügelt und an den Ohren gezogen zu haben.

Der Bauer wurde verurteilt, und die Familie zog nach Amerika, wo sie im Meer der Völker verschwand.

2

Fische laichen, Vögel legen Eier,
Samen keimen, Gras, das sprießt:
Gott in jedem Wachsen ist.

So dichtete eine meiner Vormütter, Guðný Arngrímsdóttir, die Urgroßmutter meiner Großmutter Guðný.

Großmutter kam aus dem Kreis Árnessýsla. Sie war geboren in Brúnastaðir in der Landgemeinde Reykárhreppur. Das war eine blühende Gegend, trotz Treibsand und einiger kleiner, karger Höfe.

Wenn Großmutter ihre Erinnerungen an die Gegend auffrischte, wurde es hell um sie. Die Atmosphäre füllte sich mit Landstreichern; sie strichen ihr über die Locken und machten Gedichte über sie. Das Schlittschuheis schimmerte im Mondschein. Die Luft war voller Lachen.

Großmutter strahlte vor innerer Freude. Die Gegend erwachte und schwebte umher wie ein fliegender Teppich. Vögel flogen. Die Sonne schien. Es plätscherte im Bach.

Nichtsdestoweniger spürte meine Großmutter die Anwesenheit der Armenhäusler, die an einem rauhreifbedeckten Tag aus dem Frostnebel traten, bevor ein neues Jahrhundert anbrach und eine andere Zeit einsetzte.

Sie folgten ihr wie Schatten über die lichten Wiesen der Vergangenheit, denn Großmutter selbst war später in der gleichen Lage, doch da wohnte sie in Reykjavík, und die Kinder wurden weder an den Meist- noch an den Wenigstbietenden versteigert, sondern zu Fremden gegeben, entsprechend den Armengesetzen, die zu dieser Zeit galten.

Auch wenn es nicht möglich ist, seine Kinder bei sich zu haben, tut es weh, sie wegzugeben. Selbst die Wahrheit muß weichen.

»Ich sollte mit einem Auto fahren«, sagt Sigrún, meine Tante. Sie war ein kleines Mädchen, als sie losgeschickt wurde, auf den Hof Seylukot in der Landgemeinde Kambahreppur. »Mir hat es schon Spaß gemacht, Auto zu fahren, aber dann fuhr das Auto weiter und weiter, und ich fing an zu weinen.«

Kapitel zwei

1

Auf dem alten Friedhof an der Suðurgata ruht das Fundament der Stadt Reykjavík, die Leute, die diese Stadt gebaut haben.

Dort sind die Gräber meines Großvaters Ólafur Haraldsson und meiner Großmutter Guðný Guðmundsdóttir. Großvaters Grab ist nicht abgesteckt und ohne Grabstein oder Kreuz. Von dergleichen war nicht die Rede, als er starb, und jetzt, viele Jahrzehnte danach, ist sein Grab, das im Schatten der Baumstämme ruht, noch immer nicht abgesteckt.

»Ist es nicht unpassend, daß auf Papas Grab kein Grabstein ist?« sagt Ólafur, mein Vater, zu seinem Bruder Kári, als sie eines Abends auf dem Friedhof umhergehen, während das Sonnenrot sich ausbreitet und in den Fenstern der Häuser im Stadtzentrum schimmert.

Großmutters Grab ist sorgfältig abgesteckt und gepflegt.

»Nein, das war nie beabsichtigt«, sagt Kári.

»Das ist jetzt lange her«, sagt Papa.

»Das ändert nichts«, sagt Kári. »Wie er mit Mama umgegangen ist und was wir unter ihm zu leiden hatten, das wird nie vergeben.«

2

Mein Großvater Ólafur war noch keine Fünfzig, als er ins Epidemiehospital in der Þingholtsstræti eingeliefert wurde, wo er schließlich an Auszehrung starb.

Sein Todeskampf dauerte über zwei Jahre. Großvater bekam Tuberkulose in den Lungen, sie zehrte ihn auf und tötete ihn am Ende.

Zu Ende war eine Segelfahrt, auf der das Schiff von Sturzseen überspült und auf Grund gelaufen war.

...

Großvater wurde keine Fünfzig, aber mißt man die Zeit in Fischzügen und Fischfängen, lebte er viele Jahrhunderte lang.

Er war blind geworden und sah in unbekannte Länder. Wenn er den Wind hörte, wußte er, wie die Wellen gingen und das Meer sich erhob.

Mein Großvater Ólafur kannte die Wellen, den Kohlerauch und das Salz und erinnerte sich, wie er ein kleiner Junge war und am Landeplatz stand und die geteerten Schiffe anguckte, die mit voller Takelage auf die Bucht hinaussegelten, und von fernen Ländern hinter Bergen und Meeren träumte.

Ólafur wurde an der Grandavör geboren, die heute weit im Landesinneren liegt und von Straßen und Häusern zerschnitten ist, damals aber an der nordwestlichen Ecke der Stadt an der Küste lag, da, wo die Sonne untergeht und in der Tiefe der Fischgründe einschläft.

Das Rauschen des Meeres begleitete jeden Schritt, und die Torfhäuser erhoben sich in beinah gerader Linie entlang der Bucht.

Die Kinder hüpften zwischen dem meergepeitschten Geröll und hörten nicht auf, bis eines von ihnen ins Wasser gefallen war. In den Steinen waren Löcher voller Wasser und

Algen, und auf ihnen wuchsen Seepocken, Blasentang und Muscheln. Auf manchen von ihnen waren kleine Moosflekken, die die Kinder für Fingerabdrücke alter Seefahrer hielten.

Getrockneter Seehase hing an den Giebeln der Torfhäuser, und die Schmeißfliege surrte zwischen den Butterblumen auf den Dächern.

Damals gab es keine Fußbälle, die Bälle wurden aus alten Lumpen zusammengeknüllt und viele Male mit Segelgarn oder starkem Zwirn umwickelt.

Wenn man Krämerladen spielte, galten Torfklumpen als Kekse.

Ólafur fuhr mit seinem Vater Haraldur hinaus zum Fischen, und Urgroßvater ruderte von der Selsvör aus. In einem Bootsschuppen zwischen den Klippen hatte er sein Boot untergebracht.

Nach starker Brandung und kräftigem Seegang wälzten sie große Steine vom Landeplatz, ganze Felsblöcke blieben zurück, und man wunderte sich, wie Haraldur die Blöcke wegbekam. Haraldur war nicht hochgewachsen, aber kräftig, und galt als kühner Fangfahrer.

»Ich nenne das nicht Sturm«, sagte er, wenn andere ihm abrieten und wegen des bedenklichen Wetters daheim blieben.

Schon früh nahm Haraldur seine Söhne Ólafur und Magnús mit hinaus zum Fischfang. Sie fischten mit Leine, die mit einem Köder versehen wurde, sobald alles vorbereitet war, und hatten einen Kanister Molke bei sich, zum Trinken, falls jemand Durst bekam.

Sie schoben das Boot ins Wasser und fuhren hinaus auf die Bucht. Ólafur vertrug die Wellen und hielt dagegen, aber Magnús wurde immer seekrank. Er ging im Hafen Kohle und Salz schaufeln und war von Anfang an ein Spitzenhafenarbeiter, Ólafur dagegen wurde vom Meer angenommen und auf Kutter und Trawler begleitet.

Kári war in die Stadt gekommen, als Großvater im Sterben lag. Er und sein Bruder Ragnar besuchten ihren Vater im Epidemiehospital in der Þingholtsstræti.

Kári erinnert sich noch an den Husten und die Augen, die nach ihnen suchten, aber nichts mehr sahen.

Da sagte Großvater, der keine Fünfzig wurde, aber zwei Zeitalter lebte, das Kutterzeitalter und das Trawlerzeitalter: »Ich sehe das Meer, aber auch fremde Länder, die ich früher nicht kannte und nicht zu Gesicht bekommen habe, als die Augen noch sehen konnten.«

Kapitel drei

1

Als meine Onkel Kári und Ragnar ihren Vater im Epidemiehospital besuchten, kamen sie gerade vom Training bei Grímur dem Boxer, denn Kári trainierte Boxen und gehörte zu den besten Boxern des Landes, bis er aufs Hammerwerfen umstieg und mit dem Boxen aufhörte.

Als Kári und Ragnar Jungen waren, begleitete Grímur der Boxer sie manchmal hinaus zur Grandavör, um ihren Großvater Haraldur zu besuchen.

»Und ob ich mich erinnere!« sagt Grímur der Boxer heute, lange danach. »Ich erinnere mich gut an deinen Urgroßvater. Solche Kerle ließen sich von einem kleinen Sturm nicht aus der Ruhe bringen und zuckten die Achseln, wenn sie Gespenster sahen. Aber natürlich war es eine Bruchbude, der Hof, so zwei-, dreihundert Jahre alt, sogar älter, vielleicht vierhundert Jahre, sogar fünf.«

...

In alten Quellen wird erzählt, Männer seien an die Grandavör gekommen und hätten auf die Schädelknochen eines Dorsches Zauberbuchstaben geritzt, um Unwetter hervorzurufen, damit ihre Feinde sich verirrten und in Seenot gerieten.

Mein Urgroßvater Haraldur wurde mit keinen solchen Zauberkünsten in Verbindung gebracht, aber er fuhr auch selbst zur See. Das Meer und das launenhafte Wetter waren sein zweites Zuhause.

Dort lagen seine Äcker, die grünschäumenden Wellen waren eindrucksvolle Hauswiesen, die Seevögel Trocknungstennen in der Luft, die Fische der Viehbestand und die Fangleine die Sense.

Miðkot war ein Hof, der weiter östlich an der Grandavör lag. Dort wohnte ein Junge, der Gunnar hieß, Sohn des Häuslers Jón, der später Wasserträger wurde, aber außerdem Vögel ausstopfte und als nützlich galt, wenn man einen Tierarzt brauchte.

Mein Urgroßvater Haraldur gehörte zur gleichen Gesellschaftsklasse. Er war Häusler. Solche Leute hatten keinen Boden zum Bestellen. Ihr Viehbestand war im Meer. Sie träumten von Seekühen und viel Geld auf dem Meeresboden, ruderten dabei im offenen Boot und fingen Fisch, den sie an den Trockenplätzen trockneten oder in Handwagen in der Stadt herumfuhren.

Als Häusler besaß man ein nicht unbedingt geräumiges Haus. Raum war draußen, aber nicht drinnen, dort ging es oft eng und knapp zu. Fischerkätner war eine andere Bezeichnung für diese Gesellschaftsgruppe, und hatten sie ein Stück Land, um eine Kuh zu halten, nannte man sie Grashäusler.

Erst als die Häusler von der Bühne abgetreten waren, bekamen ihre Namen einen gewissen Glanz. Die Torfhöfe an der Küste wurden zum Paradies für kleine Einzelbauern, bei denen das Leben nach ganz anderen Uhren verlief als denen, die heute gelten.

Es waren die Reedereien mit ihren gedeckten Schiffen, ihren Kuttern und Trawlern, die die Häusler von der Bühne der Geschichte stießen.

Als Haraldur mit dem Fischfang aufhörte, rodete er den steinigen Hügel am Haus, baute einen Steingarten und richtete einen Trockenplatz und einen Küchengarten ein, wo er Kartoffeln und Rüben anbaute.

Das Torfhaus an der Grandavör bestand aus einer Stube,

innen mit Brettern verkleidet, wodurch es dort aussah wie in einem hölzernen Schiff. Die Betten standen unter der Schiffswand, mit einem Ölofen an den Fußenden.

Am Eingang war eine Steinwand. Diese hielten schiefe Stützbalken, als wäre das Ganze am Zusammenbrechen. An der Seite des Torfhauses war eine kleine Hütte, die als Vorratsraum benutzt wurde.

In diesem Haus wohnten mein Urgroßvater Haraldur und meine Urgroßmutter Sigrún, die Söhne Ólafur und Magnús und die Töchter Jóhanna und Þórdís, die hier erwähnt werden, obwohl sich die Erzählung mit ihnen wenig befaßt.

2

»Sie war auch nicht gerade schmächtig, Sigrún, deine Urgroßmutter«, sagt Grímur der Boxer. »Die wär ein Boxer geworden, sag ich dir.«

...

Sigrún Jónsdóttir, meine Urgroßmutter väterlicherseits, kam aus der Landgemeinde Seltjarnarnes, und sie und Urgroßvater begegneten einander bei den Fischerhütten am Nesjörd.

Sigrún und ihre Schwester Valborg wuschen im Winter Wäsche für die Saisonfischer, abgesehen davon, daß sie im Hafen Kohle und Salz schaufelten. Beide arbeiteten Seite an Seite mit vollausgewachsenen Männern.

Valborg wurde Valla gerufen, und ihre Söhne bekamen den Nachnamen immer von ihr und wurden Vallasson genannt, eine Tatsache, die für sich spricht.

Valborg wurde Bootsvormann und zog tüchtige Seeleute und Feuerwehrmänner auf. Die Schwestern hatten ihren Vater auf dem Meer verloren und sorgten für ihre Mutter und die jüngeren Geschwister.

Als die Schwestern eine Zeitlang Kohle und Salz geschaufelt hatten, wurde ihnen klar, daß sie nur ein Drittel des Lohns der Männer bekamen.

Sie baten um eine Erklärung. Ein Vorarbeiter ermannte sich als einziger zu einer Antwort.

»So sind die Regeln«, sagt er. »Männer sollen dreimal soviel Lohn bekommen wie Frauen.«

»Ja«, sagt Valborg. »Das ist ein Unterschied, ein Mann sein und im Stehen pissen.«

Danach gingen sie ihrer Wege.

Haraldur und Sigrún wohnten in dem Torfhaus an der Grandavör. Urgroßvater war ein geselliger Mann, fröhlich und freundlich. Er kam weit herum und genoß überall Achtung, aber Sigrún verließ den Hof am liebsten nie. Es bedurfte einer Beerdigung oder eines ähnlich großen Ereignisses, damit das geschah. In die Stadt kam sie einmal im Jahr, hauptsächlich, um sich über die Untätigkeit anderer zu wundern. Alles Herumtreiben war von Übel.

»Was rennt dieses Pack so durch die Gegend?« sagte sie, wenn Besuch auf den Hof kam.

Kapitel vier

1

Zu lieben, zu spüren des Herzens Schlag,
die Jugend der Seele zu pflegen.
Das hilft in Bedrängnis, dann lächelt die Welt,
auf die Kate mehr Glanz als aufs Schloß dann fällt.

...

Der Junge Gunnar vom Hof Miðkot und mein Großvater Ólafur waren Freunde und gleichaltrig. Sie spielten zusammen Lumpenfußball und liefen an der Grandavör herum, Wellenrauschen in den Ohren und pappsatte Seevögel über den Köpfen.

In der Luft lag der Duft von Salz. Es rauchte aus den Schornsteinen der Höfe, die oberhalb des Landeplatzes, wo der Bootsschuppen war, am dichtesten standen. Der Geruch von Tang und Torf mischte sich mit dem Salzduft der Luft.

Einmal fiel Gunnar ins Wasser, weil es den Jungen aus den Torfhöfen Spaß machte, auf dem meergepeitschten Geröll herumzuklettern. Sie verbanden einander die Augen und machten sogar einen Ringkampf auf den Steinen.

Damit Gunnar die Schelte dafür, durchnäßt nach Hause zu kommen, erspart blieb, sagte Ólafur zu Gunnars Vater Jón: »Dein Sohn hat versucht, einen Vogel zu retten, dabei ist er ins Wasser gefallen.«

»Ja, so ist er eben, ein guter Mensch, und mutig«, sagte Jón.

So blieb Gunnar verschont, und der Spaß der Jungen bekam eine andere Bedeutung; er wurde auf eine höhere Ebene gehoben.

Nichtsdestoweniger ist es eine Tatsache: Gunnar vom Miðkot wurde für seine Heldentaten gerühmt. Das gleiche galt für Ólafur. Diese Jungen waren beide mit ihren Vätern zum Fischen hinausgefahren, sie waren klein und zartgliedrig, als sie schon die Fäuste um die Ruder ballten und ohne Unterlaß ruderten.

Das Meer lud sie ein und spornte sie zu Großtaten an. Traumschlösser der Meereskönige stiegen vor ihnen auf.

»Eines Tages werden wir Kapitäne und segeln um die Welt«, sagte Ólafur, und sie spannen Geschichten über Kämpfe mit Seeräubern und Kannibalen. Sie gingen in ausländischen Häfen an Land und errangen kühne Siege auf fremdem Boden.

»Wir werden den Fang an Bord schaufeln und Verkaufsrekorde aufstellen«, sagte Gunnar, und sie würden in großen Häusern wohnen wie die Kapitäne am Sjómannastígur und an der Sjávargata und Hausmädchen haben, die ihnen edlen ausländischen Wein und Zigarren servierten.

So machten die Stuben der Torfhäuser jähe Veränderungen durch. Viele, die in dieser Zeit zu Reichtum und Macht kamen, rühmten sich der Armut und Ohnmacht während ihrer Jugend. Sie waren unbedeutende Hirtenjungen auf dem Lande gewesen, Söhne des kinderreichsten Hungerleiders der Ortschaft und sogar mit Bettelei aufgewachsen.

2

Großvater und Gunnar verdingten sich auf einem der Duus-Kutter; die Handelsfirma Duus betrieb die größte Deckschiffsreederei in Reykjavík. Die Gebäude des Unternehmens lagen an der Aðalstræti, Lagerhaus und Packhaus, zwei Trokkenhäuser und ein niedriges Gebäude dazwischen.

Bei diesen Häusern standen Arbeiter herum in der Hoffnung auf Jobs.

Gunnar war rothaarig, mit wettergegerbtem Gesicht. Er war sommersprossig, groß und stämmig. Er lachte laut, wenn er lachte, konnte aber auch gedrückt sein wie die anderen, die zwischen Steinhügeln und Geröll wohnten und ihr Vertrauen in die Winde setzen mußten.

Ólafur war kleiner und dünner als Gunnar. Er hatte manchmal etwas Fernes im Blick, als wäre er in einer anderen Welt, unten in der Meerestiefe der Seele.

Ólafur hatte dunkles, welliges Haar, und seine Augen waren blau oder blaugrau und lagen tief im Kopf, aber das Merkwürdigste an Großvaters Augen ist, daß auf der einzigen Fotografie, die es von ihm gibt, die Augen ausradiert sind. Das Bild war so zusammengefaltet, daß über den Augen ein weißer Streifen verläuft, was vielleicht symbolisch ist, im Hinblick darauf, daß mein Großvater später blind wurde.

Auf den Kuttern wurde mit Fangleine gefischt und am Ende abgerechnet; jeder Mann bekam seinen Anteil, je nachdem wie tüchtig er darin war, Fische aus dem Wasser zu ziehen. Großvater und Gunnar vereinbarten zusammenzuarbeiten, ihre Anteile sollten immer gleich groß sein. Sie dachten wie Blutsbrüder und waren es praktisch auch. So konnten sie in verschiedenen Wachen arbeiten, über die Leine des anderen wachen und besser ruhen.

Großvater und Gunnar hatten Fangglück. Die Fische rissen sich darum, bei ihnen anzubeißen. Unter den Vormännern rühmte man sie als tüchtige Jungen und Spitzenseeleute.

Man schlug sich geradezu um sie. Wenn Großvater und Gunnar von einem Kutter zum anderen gingen, wurden sie sofort Seeleute in Rede und Auftreten; sie waren stolze Helden des Meeres, nahmen Schnupftabak und tranken Branntwein mit den Männern.

Sie verdingten sich auf einem Kutter, der Ósvör hieß und als Glücksboot galt, obwohl die Wachen lang waren und die Arbeit hart.

Einmal sind sie zum Fischen draußen in den Stromwirbeln vor Reykanes. Es herrscht dunkles Regenwetter, Seegang und Sturm. Plötzlich spült eine Sturzsee über das Boot und reißt meinen Großvater Ólafur mit sich. Er wird im Dunkel, das in seiner Erinnerung schwarzgrün war, herumgewirbelt, schafft es aber, den Mast zu packen.

Da sieht er, daß Gunnar über Bord gegangen ist. Sie segeln zu Gunnar und wollen ihn an Bord nehmen. Großvater streckt sich nach ihm. Er streift gerade so die Finger seines Freundes, aber im selben Augenblick sinkt Gunnar wie ein Stein.

3

Tiefer Schatten fiel über die Besatzung des Bootes. Gunnar vom Miðkot tauchte nicht auf. Er wurde nie mehr gesehen an der Grandavör. Am nächsten Tag saß Ólafur auf dem meergepeitschten Geröll am Landeplatz und guckte auf das Meer hinaus, das seinen Freund verschlungen hatte.

Die Träume wurden kalt und grau, das Meer war aufgewühlt und das Gemüt ebenso.

Jetzt gab es nichts zu feiern, nicht wie damals, als sie draufgängerisch und kampflustig den Hlíðarhúsastígur, der heute Vesturgata heißt, hinuntergingen, um die Jahrhundertwende zu feiern.

Hinter ihnen lagen die Torfhöfe an der Küste, aber vor ihnen die Festlichkeiten auf dem Austurvöllur mit Fackeln und Kerzen.

Sie waren zu dritt: Ólafur, sein Bruder Magnús und Gunnar vom Miðkot.

> Zu lieben, zu spüren des Herzens Schlag,
> die Jugend der Seele zu pflegen.
> Das hilft in Bedrängnis, dann lächelt die Welt,
> auf die Kate mehr Glanz als aufs Schloß dann fällt.

Das Feuerwerk dröhnte. Es läuteten die Glocken. Auf dem Dach der Apotheke loderten Fackeln. Wachskerzen brannten in den Fenstern.

Die jungen Kutterfischer Ólafur und Gunnar hatten eine Flasche Branntwein bei sich, und während Einar Benediktssons Jahrhundertwendelied durch die Luft schwebte, tranken sie daraus und spürten eine berauschende Wärme und einen Lichtschein in der Brust.

Das Jahrhundertwendelied wurde von einem Chor gesungen, der auf einem Podium stand, aber die Blasmusik übertönte den Gesang, und plötzlich gab das Musikpodium nach.

Die Sänger gerieten aus der Melodie, und es gab ein großes Durcheinander.

Da lachten die jungen Männer und tranken noch mehr, schwebten herum in ihrem Rausch und glitten auf Flügeln über Lichtermeer und Menschenmenge.

Großvater war auf einmal sturzbetrunken. Die Straßen wogten unter seinen Füßen, und er sang aus vollem Hals, was gesetzlich verboten war, und am Ende lag er auf der Straße und zappelte wie ein Fisch auf dem Trockenen.

Trotzdem machte es Spaß.

Sie lachten noch viele Tage danach, und jetzt hallt dieses Gelächter, das seit langem verstummt ist, im Kopf meines Großvaters wider, während der Nordwind bläst, der Schnee sich vor der Tür auftürmt und das Wetter in Tau bringenden Schneesturm umschlägt.

Es heult unter dem Dach.

Durch die Bretter in der Stube pfeift ein beißender Wind. Dann legt sich der Sturm, und es wird windstill. Zwischen den Wolken guckt der Mond hervor.

Irgendwo in der Ferne lacht jemand; die meisten stimmen überein, daß mein Großvater, wenn alles zum besten stand, einen schönen Humor hatte.

Und da sind Gläser, und da ist Wein, ein innerer Schein aus dem Glas, Wein wie Lichterglanz in der Seele, Wärme, die aufgeht. Wieder ist Großvater auf dem Weg den Hlíðarhúsastígur hinunter.

Und da sind Gläser, und da ist Wein, ein innerer Schein. Nichts anderes kann die Nebelbänke des Gemüts zerstreuen. Großvater geht in eine Kneipe, in der betrunkene Männer sich schlagen.

Als er wieder aufwacht, ist er blau und wund am ganzen Körper, aber jetzt zu Kämpfen bereit.

Das Meer ruft aufs neue.

Neuer Kutter.

Neues Leben.

Kapitel fünf

1

Später, als meine Großmutter Guðný von der Zeit erzählte, als ihre und Großvater Ólafurs Kinder nach hierhin und dorthin weggeschickt worden waren, sagte sie: »Das einzige, was ich für die Kinder tun konnte, war, für sie zu beten.«

Es ist nicht ausgeschlossen, daß sie erhört wurde, denn Gottes Wege sind unerforschlich.

...

Großmutter hatte eine ganz andere Sicht auf das Leben als der Preußenkönig Friedrich, der gesagt hat: »Je besser ich die Menschen kennenlerne, desto mehr mag ich meinen Hund.«

Großmutter hatte keinen Hund, aber sie sagte: »Die Leute werden langweilig, wenn sie nicht an etwas Wichtiges glauben.«

Wenn Großmutter das Gedicht ihrer Urgroßmutter Guðný über die Vögel, die Fische, die Insekten, das Gras und Gott zitierte, wollte sie, daß wir jungen Leute die Worte richtig benutzten, denn sie wollte auch Gott Ehre erweisen.

Großmutter ging zu Versammlungen der Heilsarmee und gehörte zur Pfingstgemeinde.

Sie war gegen spiritistische Medien und jede Nachrichtenvermittlung von den Toten.

In Berührung mit Gott kam sie durch das Gebet und die Verse der Dichter.

Großmutter las Hallgrímur Pétursson, Mattías Jochumsson und andere Lyriker, hielt aber weniger von Romanautoren und nannte als Grund, daß die meisten von ihnen häßliche Hüte trügen.

»Gedichte sind wie Musik auf Instrumenten und Gesang«, sagte Großmutter, aber alles, was als Prosa gedruckt war, mußte die Wahrheit sein und konnte deshalb nicht in poetischer Verkleidung erscheinen.

Solcher Lesestoff war vornehmlich zweierlei: die Bibel und der *Þjóðviljinn*. Die Göttlichkeit wohnte in diesem heiligen Buch, aber das Erdenleben im Organ der Sozialisten, denn Großmutter war nicht nur gläubig und lyrikbegeistert, sie war auch radikal.

Als Nína, ihre Freundin, die das Epidemiehospital in der Þingholtsstræti betrieb, wo mein Großvater Ólafur an Auszehrung starb und Papa als Kind mehr als ein Jahr mit dem Tod kämpfte, versuchte, Großmutter dazu zu bekommen, die Unabhängigkeitspartei zu wählen, sagte sie: »Nein, ich würde lieber verhungern, als daß ich diese Rechten wähle.«

Nína war eine starke Frau und lebte für zweierlei: die Kleinen in der Gesellschaft und die Unabhängigkeitspartei.

Sie achtete die radikalen Ansichten meiner Großmutter, denn obwohl Kommunisten schrecklich waren, waren Fortschrittsparteiler und Dänen schlimmer.

2

Haraldur Ólafsson, Onkel Halli, war der Älteste der Geschwister meines Vaters und wohnte wieder bei seiner Mutter, nachdem er von seiner Pflegestelle in der Landgemeinde Kambahreppur in die Stadt zurückgekommen war.

Halli und Großmutter wohnten am längsten in der Eiríksgata.

Nachdem Großmutter tot war, blieb Halli dabei, Kaffee aufzubrühen und eine Tasse für sie einzuschenken, denn Großmutter trank viel Kaffee. Sie mochte den Kaffee stark und gut und nannte ihn Lebensgras.

So ehrte Halli das Andenken seiner Mutter in der Einsamkeit. Die Tasse stand auf dem Tisch, es dampfte aus ihr, oder Großmutter trank nur auf einer anderen Daseinsebene Kaffee, denn manchmal, wenn Haraldur die Tasse leeren wollte, war das schon geschehen.

Lange Zeit wich Haraldur nicht von dieser Gewohnheit ab, außer zu Weihnachten. Dann brühte er eine ganze Kanne Kaffee auf und ging mit ihr von der Eiríksgata hinüber zum alten Friedhof an der Suðurgata. Halli ging geradewegs zum Grab seiner Mutter und goß den Kaffee aus der Kanne über das Grab.

Ich begegnete ihm einmal, als er in seinem Schauermannanorak durch das Friedhofstor hereinkam und eine rote Kaffeekanne durch die Kälte trug.

Ich sah, wie die Leute Halli anguckten, er aber schenkte ihnen keine Beachtung, sondern lächelte wie die Vögel im Himmelreich.

Halli war Schauermann. Sein Arbeitsleben verbrachte er am Hafen, in den Laderäumen der Schiffe oder auf den Kais. Als Halli starb, vermachte er der Frauenzuflucht die Wohnung in der Eiríksgata, in der er und Großmutter gewohnt hatten. Dies gab Anlaß zu einem ganzen Nachrichtenbeitrag im Fernsehen, denn nirgends sonst ist bekannt, daß irgendein Mann im ganzen Land gegenüber den verachteten Frauen, die dort Schutz suchen, ebensoviel Großmut bewiesen hätte wie dieser alleinstehende Schauermann.

Kapitel sechs

1

Der Vater meiner Großmutter Guðný hieß Guðmundur Stefánsson, Sohn des Bauern Stefán Einarsson auf Reyká in der Landgemeinde Reykárhreppur, und Stefán war Sohn des Gemeindevorstehers und Schlichters Einar Stefánsson auf Reyká und von Guðný Arngrímsdóttir, die schon erwähnt wurde.

Guðný dichtete nicht nur über die Fische, die Vögel, die Insekten, das Gras und Gott. Sie dichtete auch über ihre Kinder, deren es neun gab.

Über meinen Ururgroßvater Stefán dichtete sie:

Glück auf Stefáns Erdenpfad,
guter Menschen Geleit,
täglich Brot durch Gottes Gnad',
ein Heim in des Himmels Herrlichkeit.

Als Stefán in dieses Heim gekommen war, führten seine vier Söhne den Hof auf Reyká, zusammen mit Ingibjörg, ihrer Mutter. Die Söhne waren zu viert und Guðmundur, mein Urgroßvater, war der älteste.

Guðmundur verließ selten den Hof, sondern kümmerte sich um den Betrieb und hatte außerdem einen Sinn für Bücher. Bücher gab es reichlich auf dem Hof, denn Gemeindevorsteher Einar und Guðný waren Büchernarren und beide dichterisch begabt.

Urgroßvater überließ die Ausflüge an den Handelsplatz

gern seinen Brüdern und saß, wenn Zeit dazu war, daheim über den Büchern. Seine Brüder fürchteten, er werde das Leben verstreichen lassen, einsam und unverheiratet, und zum langbärtigen Sonderling werden, nicht anders als die Landstreicher, die sich oft auf dem Land herumtrieben.

Aber eines schönen Tages erscheint Urgroßvater sonntäglich gekleidet in der Stube und teilt seinen Brüdern und seiner Mutter mit, er beabsichtige einen Ausflug nach Eyrarbakki, um dort ein Wörterbuch zu kaufen. Es ist nicht überliefert, was für ein Wörterbuch es war.

»Dann ist es ja auch kein Aufwand für dich, nach Stokkseyri zu reiten und Fisch zu kaufen«, sagte einer der Brüder.

Urgroßvater war beinah fünfzig, als dies geschah. Vielleicht hatte er eine Vorahnung, oder es war so, wie der Herrgott es haben wollte, denn Urgroßvater hatte sich noch nicht lange in Stokkseyri aufgehalten, als er Ásthildur, meiner künftigen Urgroßmutter, begegnete.

Ásthildur war zwanzig Jahre jünger als er, aber Urgroßvater erlebte nicht seinen zweiten Frühling, wie man heutzutage sagt, denn sie war seine erste Frau.

Ásthildur war tüchtig bei der Arbeit, eine schöne Frau, und gläubig. Sie fand Schutz bei diesem stillen, freundlichen Mann, der gut ihr Vater hätte sein können. Ihre Geschwister waren unter die Räder gekommen, und ihre Eltern lebten halb vom Betteln.

Aber in der Landgemeinde Reykárhreppur traf sie auf Widerstand: Frauen vom Handelsplatz waren bei der Landbevölkerung nicht hoch angesehen, außerdem hatten die Vorväter meiner Urgroßmutter in der Landgemeinde Stokkseyrihreppur und die Bauern in Reykárhreppur lange im Streit miteinander gelegen.

Schafe, die aus Reykárhreppur verschwanden, wurden in Stokkseyri verspeist. Prozesse und Zankereien folgten aufeinander, und obwohl diese Verfahren in der Wirklichkeit seit langem abgeschlossen waren, lebten sie ein feines Leben in den Köpfen.

Ich will hier nicht näher darauf eingehen, aber mein Urgroßvater spürte die Kälte seiner Brüder gegenüber seiner jungen Frau und daß sie auf Reyká nicht willkommen war. Deshalb stand er eines Tages auf und sagte: »Wenn meine Frau auf diesem Hof überflüssig ist, dann bin ich es auch.«

Damit verließ mein Urgroßvater das Erbe seiner Väter.

Seine Mutter Ingibjörg weinte, aber seine Brüder sagten wenig.

2

Es vergingen Tage.

Es vergingen Nächte.

Meine Urgroßeltern verschwanden vom Familiengut, eben jenem Reykárgehöft, und ließen sich auf Brúnastaðir im selben Distrikt nieder. Ihre Landwirtschaft war nie riesig, aber es ging trotzdem. Guðmundur und Ásthildur bekamen drei Töchter, Guðný, meine Großmutter, Guðfinna und Guðrún, und zwei Söhne, die beide jung starben.

Meine Urgroßmutter Ásthildur war stets mit einer Arbeit beschäftigt, ein Gotteswort auf den Lippen. Sie sprach mit ihren Töchtern über Engel mit weißen Flügeln, über Jesus und die Blumen. Ihr Vater las ihnen Geschichten von Rittern und Königen vor, außerdem die Hauspostille und Hallgrímur Péturssons Passionspsalmen. Er konnte auch eine riesige Menge von Gedichten und einige Sagas auswendig.

Großmutter erinnerte sich an ihren Vater als einen stillen, ernsten Mann. Er blieb dabei, über den Büchern zu hocken, aber nachdem er geheiratet hatte und die Töchter geboren waren, blieb weniger Zeit für geistige Übungen. Er wurde offener, ging mehr unter die Leute und genoß es dann, seine Töchter mitzunehmen.

Sie waren seine Goldstücke, langhaarig und schön, und man nannte sie eine Zierde für die Gegend, wenn sie wieder fort waren. Abends saßen sie in der Stube und kämmten sich gegenseitig. Ihr Vater saß da, strich sich über den Bart und sah sie im Schein der Tranfunzel an.

Die Schwestern legten Wert auf ihr Aussehen und wurden putzsüchtig, nicht zuletzt meine Großmutter Guðný, die, nachdem sie eine arme Hausfrau in Reykjavík geworden war, einen Eid ablegte, daß man ihr die Armut äußerlich nie ansehen solle, und vor Sozialfürsorgern und anderen Autoritäten in ihrer Nationaltracht erschien; die Tracht war schließlich so zerschlissen, daß sie nahezu auseinanderfiel.

Aber in der Hauptarbeitsperiode konnte die Adrettheit der Töchter ihrem Vater aufs Gemüt schlagen. Einmal mitten in der Heuernte saßen sie am Hofbach und kämmten sich in seinem fließenden Spiegel die Locken.

Auf einmal steht ihr Vater über ihnen und sagt: »Ich finde, hier wird schlecht gearbeitet.«

Die Schwestern guckten ihren Vater verständnislos an.

Er war es nicht gewohnt, sie so barsch anzusprechen, jetzt aber wiederholte er seine Ermahnung: »Daß ihr all diese Zeit vergeudet, um euch zu kämmen, wenn beim Heu genug zu tun ist!«

Jetzt hatten die Schwestern genug. Guðný lief ins Haus, holte ein Messer, reichte es ihrem Vater und sagte: »Schneid uns doch die Haare ab.«

Da wußte er nicht mehr weiter und entschied sich lieber dafür, seine Töchter in Ruhe zu lassen, anstatt zu meckern. Sie gehen mir oft zur Hand und sind tüchtige Mädchen, dachte er und lächelte oft über diesen Vorfall.

...

In der Küche in der Eiríksgata gab es einen Schrank, einen ganz gewöhnlichen Küchenschrank. Unten hatte er eine Schublade, und in dieser war ein blauer Blechkasten, auf dem »Ljómamargarine« stand.

In den Augen der Mädchen in der Familie war dieser Blechkasten ein mystischer Schrein. Darin bewahrte Großmutter Toilettenartikel, winzig kleine Kästchen und Gläser mit Parfüm und Puder auf.

Jeden Morgen ließ sich Großmutter mit dem Kasten nieder, legte einen kleinen Spiegel in den Deckel, zupfte sich die Augenbrauen und schminkte sich die Augen.

Sie brauchte lange, um ihr Haar zu kämmen, das nie grau wurde, hatte ein Goldkreuz um den Hals und trug die Nationaltracht.

Als Großmutter siebzig wurde, schenkte ihr Helga, ihre

Schwiegertochter, ein Buch über die Bedeutung von Entspannung und die Notwendigkeit, sich zu bewegen.

Einige Zeit später erkundigte sich Helga bei Großmutter, wie ihr das Buch gefallen habe. »Ich habe wenig in dem Buch gelesen«, sagte Großmutter. »Es ist eher für alte Leute, glaube ich.«

Helga erwähnte dieses Buch nie wieder. Es fand sich lange danach auf dem Boden einer Kiste, kurze Zeit nach Hallis Tod.

Kapitel sieben

1

Als Großmutter ein junges Mädchen war, grassierte auf dem Lande das Stadtfieber. Es schlug in der Landgemeinde Reykárhreppur ebenso zu wie an anderen Orten des Landes. Das Stadtfieber war kein gewöhnliches Fieber. Es wurde mit Kuhpocken verglichen und geistige Influenza genannt.

Das Stadtfieber beruhte auf der magnetischen Anziehungskraft, die von dichter Bebauung ausging, und brachte angeblich junge Mädchen durcheinander. In einer Nacht konnte ein Mädchen vom Lande ein Fräulein in Reykjavík werden.

Mädchen, die eine Stellung in der Stadt annahmen, kamen völlig verändert zurück, als wären sie auf einen anderen Planeten gezogen.

Die Stadt saugte die Frauen an. Sie war wie eine Liebesgeschichte im fernen, im gelobten Land, wo überall Milch und Honig flossen. Vornehme Herren mit Hut spazierten durch die Straßen. Große Häuser mit Tischdecken auf den Tischen sprossen aus dem Boden.

Großmutter und ihre Schwestern hatten mit ihrem Vater Ausflüge an die Handelsplätze gemacht und waren einmal nach Reykjavík gekommen.

Als sie zurückkamen, waren sie vom Stadtfieber angesteckt: sie wünschten sich Kenntnisse in schicker Wohnungseinrichtung, Unterweisung in Handarbeit, Essenszubereitung und Backen, wollten sich aus dem Mädchen vom Lande in das Fräulein in Reykjavík verwandeln.

So ist die Liebe; sie fragt nicht, wo die Reise hingeht, ebensowenig wie der Vogel, der fliegt, und die Zeit, die vergeht.

2

»Guðný!«

Sie sitzt in der Stube und träumt.

»Guðný!«

In Gedanken befindet sie sich in einem Nähkursus. Vielleicht wartet draußen ein schöner Mann.

»Guðný!«

Sie fährt hoch, als sie hört, wie zum dritten Mal ihr Name gerufen wird.

Ihr Vater steht im Hofgang und bittet sie, mit ihm zum Vieh zu kommen. Er nimmt Heu aus einer Lattenkiste direkt über dem Gang. Dann verschwinden sie im Schafstall.

»Füttere du die Lämmer, mein Mädchen«, sagt er in weichem Ton zu Guðný.

Sie ist sein Augenstern, so gutmütig, lächelnd und licht. Er reicht ihr das Heu die Wand hinauf, wo sie bereitsteht, es aus seinen Händen entgegenzunehmen.

Da fällt ihr Blick auf seine Augen; und die Augen, die gewöhnlich so freundlich lächeln, sind blaß.

»Bist du krank, Papa?« sagt Guðný.

Sie weiß, daß er angefangen hat, alt und müde zu werden.

»Nein, nein«, sagt ihr Vater. »Es fröstelt mich nur irgendwie ein wenig.«

Aber er steht weiter neben sich, ist fern und blaß.

Als sie aus dem Schafstall kommen, grübelt ihr Vater über etwas nach. Er deutet zum Himmel, fällt dann aber um. Guðný hilft ihm auf die Füße und begleitet ihn ins Haus, wo er zu Bett geht.

»Lies mir vor«, bittet er seine Tochter.

Guðný holt die Bibel und beginnt zu lesen: »Wohl dem, der nicht wandelt im Rat der Gottlosen noch tritt auf den Weg der Sünder...«

Ásthildur, ihre Mutter, kommt herein.

Guðný liest weiter: »...der ist wie ein Baum, gepflanzt an

den Wasserbächen, der seine Frucht bringt zu seiner Zeit, und seine Blätter verwelken nicht; und was er macht, das gerät wohl.«

Ihre Mutter hat Tränen in den Augen. Sie geht zu ihrer Tochter und setzt sich auf die Bettkante, nimmt die Hand ihres Mannes und guckt ihn an.

Guðný liest leise: »Aber so sind die Gottlosen nicht...«

Sie hört ihre Mutter schniefen.

»... denn der Herr kennt den Weg der Gerechten, aber der Gottlosen Weg vergeht.«

Auf einmal hört sie ihren Vater röcheln.

Sie sieht ihn an und klappt die Bibel zu.

Ihre Mutter wirft sich über ihn und weint.

3

Alle drei Schwestern wollten nach Reykjavík, als ihr Vater starb, aber auf dem Weg hatte Guðfinna eine Vorahnung und fuhr auf die Vestmannaeyjar.

Sie sah vor sich einen Mann auf der Brücke, einen Bräutigam, und als sie dort ankam, wartete er dort, in Sonntagskleidung.

Guðfinna kam nie mehr aufs Festland und beteiligte sich nicht am gesellschaftlichen Leben des Ortes, abgesehen davon, daß sie einer religiösen Sekte beitrat, an deren Namen sich keiner mehr erinnert.

Großmutter und Guðfinna wandten sich beide religiösen Sekten zu und lebten in einem endlosen Wirrwarr von Glaubensrichtungen, aber ihre Schwester Guðrún stand mit beiden Beinen auf der Erde und rührte sich dort nie weg.

. . .

Ich weiß nicht, was meine Großmutter an Wegzehrung vom Land mitnahm, vielleicht nichts außer ihrer guten Laune.

Die erwies sich jedenfalls als das Wichtigste, so mit der Zeit.

Als Großmutter sich von ihrer Mutter verabschiedete, reichte Ásthildur ihr die Bibel.

»Du hast so schön gelesen«, sagte sie.

Großmutter guckte die Bibel an, dieses große Buch, das sie seitdem begleitete.

»Ich trage Gottes Wort in meinem Inneren«, sagte Ásthildur, ihre Mutter.

Urgroßmutter zog nach Stokkseyri. Sie war keine alte Frau, aber sie war abgearbeitet und müde.

Großmutter erinnerte sich an silberklare Bäche und Berge, die Sonne schien, aber allmählich bewölkte es sich, und es regnete, als sie die Stadt erreichte.

Großmutter war noch nicht lange in der Stadt, als die Landschaft daheim verklärt lächelte. Blumen sprossen auf der Hauswiese, und der Regenbrachvogel sang am Hofbach.

Die großen Häuser ihrer Vorstellung waren schreckliche Löcher, die vornehmen Herren kamen mit Handwagen angeholpert, und die Frauen schlurften daher, schief und krumm.

4

Großmutter scheint aus der Landgemeinde Reykárhreppur Großvater geradewegs in die Arme gesprungen zu sein.

Über eine Stellung in einem eleganten Heim, Unterweisung in Handarbeit schweigen die Quellen, aber irgendwann, als das erste Jahrzehnt des Jahrhunderts weit fortgeschritten ist, geht ein einsames Mädchen mit langem Haar und optimistischer Miene durch die schmutzigen Straßen der Stadt mit ihren heruntergekommenen Häusern.

Da spricht sie plötzlich ziemlich großspurig ein junger Mann an, gerade von einem Kutter an Land gekommen.

»Wo willst du denn hin?«

Das weiß meine Großmutter nicht.

»Dann kommst du mit mir«, sagt er. »Ich finde mich hier zurecht wie die Fische im Meer und die Vögel in der Luft.«

Großmutter guckt den jungen Mann an. Seine Augen sind geheimnisvoll, als wohnte etwas in ihrer Tiefe. Vielleicht ist er so hingerissen, oder er ist angeheitert vom Schnaps.

Sie gehen durch die Stadt, und plötzlich ist meine Großmutter nicht mehr allein. Die Einsamkeit ist in Wind und Wetter zerstoben.

Sie lehnt sich an den Mann.

Er legt den Arm um ihre Schultern.

Deine Augen sind wie Sonnenstrahlen, die in die Tiefe des Meeres fallen, deine Lippen wie gespannte Segel...

Dann ist der junge Mann verschwunden, hinaus auf See, und Großmutter hat plötzlich angefangen zu warten. Ihr Lächeln folgt ihm über die Wellen; über schroffe Hänge in der Tiefe, wo der Schaum eine Luftspiegelung ist und der Himmel ein grasbewachsenes Dach.

Als Ólafur an Land kommt, gehen sie durch die Stadt. Hier kennt er jeden Winkel, jede Ecke, und um so besser, je weiter sie nach Westen kommen; dieser ewige Reykjavíker mit Stein unter den Fußsohlen und Wellen, die in seinen Augen fließen, und trunksüchtiger Wurzellosigkeit in der Seele.

Er erzählt ihr von seinen Träumen und dem Freund, der im Meer verschwunden ist, zeigt ihr das meergepeitschte Geröll, die Landeplätze und den Schuppen, wo die Ruderboote untergebracht waren, das Meeresrauschen wie Musik, in der gierige Vögel kreischen, in traumlosem Grau, in Freude und Trauer.

»Siehst du dieses Haus«, sagt Ólafur und zeigt auf ein einstöckiges Haus am westlichen Ende der westlichen Stadtteile. »Ich will, daß du hier wohnst.«

»Allein?«

»Nein, ich bleibe bei dir.«

»Meinst du ...?«

»Ja ...«

Sie lehnt sich an ihn und ruht in seinen Armen.

Zweiter Teil

Kapitel acht

1

Es ist keine Frage: Wären wir Indianer, wäre Kári der Indianerhäuptling.

»Sprach man mit armen Leuten von oben herab?« frage ich Kári.

»Na, du bist gut, das macht man immer noch«, sagt Kári.

...

Trotzdem ist die Welt schön.

Sie gibt uns Versprechen in der Nachtdämmerung und erfüllt ihre Versprechen: unter der Sternenpracht des Himmels, in der wachsenden Menge der Häuser, in der Stadt, die sich mit Bergen und Meer schmückt.

Dieses einstöckige Haus, das am westlichen Ende der westlichen Stadtteile stand, diese Weite von Hoffnungen und Befürchtungen.

Wie Fußspuren am Himmel.

Wie Träume auf der Erde.

Als meine Großmutter Guðný eine junge, jungverheiratete Frau war, ging sie manchmal hinunter ans Meer, guckte auf die Wellen und dachte an Ólafur, der in der Ferne über das Meer rollte; in mondhellen Nächten, hinter steilen Wogen, in Sturzseen und Sturm.

Dieses Meer ist nicht spiegelklar wie der kleine Bach daheim am Hof, dachte Großmutter unwillkürlich und rief sich den singenden Brachvogel in Erinnerung, hörte aber nichts als das Kreischen der Seevögel und das Brausen der Wellen, das hier ein Teil der Seele war.

Sie kämmte sich am Strand nicht.

Über diese blaugraue Öde segelte Ólafur, obwohl er in Gedanken oft bei ihr verweilte und sich wünschte, das Meer wäre ein Tanzboden, eine Straße oder ein Stieg, ein Weg, der heimwärts führte, über schmutzige Straßen und gewundenen Stiege, zu dem einstöckigen Haus.

2

Großvater war Matrose auf dem Trawler Þór, der wie die Kutter im Besitz der Handelsfirma Duus war.

Die Kutter hatten Götternamen oder waren nach den Planeten des Himmels, den Monaten des Jahres und großen Männern der Geschichte, nach Vorzeitkämpen oder Nationalhelden benannt, mit Ausnahme von denen, die ausländische Namen hatten, weil sie beim Kauf mit diesen ins Land gekommen waren.

In der Back waren dreifache Kojenreihen, und ein jämmerlicher Kohleofen stand auf dem Boden. Großvater legte sich auf die nackten Kojenbretter, in Stiefeln und Seemannsjacke, um schnell genug zu sein, wenn gerufen wurde.

»Auf!«

Erlingur, der Kapitän, war ein harter Knochen. Er stampfte herum wie ein Eisbär und stieß kampfrufähnliche Schreie aus, wenn er die Mannschaft weckte.

In der Back schliefen zwanzig Mann. Sie wateten in den glitschigen Jacken herunter, triefend von Wasser und Schleim. Großvater schlief in der untersten Koje.

»Auf!«

Großvater schreckte hoch, wenn Kapitän Erlangur rief. Einen Augenblick befand er sich bei sich daheim, in weichen Armen, aber dann stellte er sich auf die Tatsachen ein und spürte das Rollen.

»Das hier ist kein Erholungsheim«, rief Kapitän Erlingur.

Die Matrosen hatten Angst vor Erlingur, aber er wußte den Dorsch zu finden. Untereinander sagten sie, das komme daher, daß er denke wie ein Dorsch; oder war er in einem früheren Leben ein Dorsch gewesen?

Eines traf zu: Es war kein Erholungsheim.

Die Matrosen hatten Wachen von vierundzwanzig Stunden und schliefen manchmal ein, wo sie in ihren Seemannsjacken standen, oder entschlummerten in der Kombüse, die

Gesichter in den Tellern. Wenn das Schiff schaukelte, schlugen sie die Messer ineinander, halb schlafend, und taumelten zum Fischhaufen, als wären sie schwer betrunken.

Wenn das Schleppnetz eingeholt war, sahen die Männer Sterne vor Schlaflosigkeit. Dann erschien Kapitän Erlingur und sagte: »Ihr kümmert euch noch um die paar Fischchen, Jungs«, aber die paar Fischchen waren viele Tausend Fische.

Es herrschte Unzufriedenheit unter den Männern, und in ihnen brodelte der Zorn, aber keiner wagte, sich zu beklagen. Dann konnte man seinen Seesack nehmen und zum Almosenempfänger in der Stadt werden, wo die Arbeitslosigkeit wie eine Wolke in der Luft hing.

3

Hier pulsiert alles vor Leben; die Welt ist schön und rein wie ein frischgebadetes Kind in der Wanne.

Hier ist Platz für mich. Hier ist Platz für dich; die Natur pappsatt wie die Seevögel am Strand.

Gib mir ein Stück Mond.

Gib mir einen Schluck Sonne.

...

Dieses einstöckige Haus, wo Ólafur und Guðný ihren ersten Haushalt hatten, ist nicht weit von der Grandavör, Ólafurs Kindheitsgegend.

In der Erinnerung war die Wohnung hell. Sie mieteten sie von Jón und Katrín.

Jón war ein alter Kutterschiffer. Ólafur war auf einem seiner Kutter gefahren, und sie waren gute Freunde.

Das heißt, das glaubte Großvater.

Beim Haus war ein Küchengarten und im Garten ein Schuppen. Dort saß Jón tagsüber und brachte alte, ausrangierte Fanggeräte in Ordnung. In einer Tonne verwahrte er Branntwein, von dem er trank, während er alte Knoten entwirrte.

Wenn Ólafur an Land war, bot Jón ihm manchmal einen Schluck an.

Dazu sagte Großvater nie nein.

Nach den kalten Strapazen, bei denen das Unwetter zuschlug wie im Handumdrehen, war es gut, innerlich in Flammen zu stehen.

Wenn Ólafur und Jón zusammen tranken, wurde Jón erneut zum Kutterkapitän und erinnerte sich zugleich daran, wie er früher durch die Stadt gegangen war, so fesch, sowas hatte man noch nicht gesehen.

Mit den Jahren war er steif und dick geworden, hatte ein

rot geschwollenes Gesicht, obwohl man noch wettergegerbte Falten um seine Augen sehen konnte, die die hinfälligen Geräte manchmal mit Tränen befeuchteten.

Katrín war bedeutend jünger als Jón.

Sie war klein und drahtig, schnell in den Bewegungen, behende. Wenn sie um sich spähte, erinnerte sie an eine Katze.

Katrín schrie Jón an, wenn er hicksend die Treppe heraufkam, und sie schimpfte die Kinder aus, die überall herumliefen und wuchsen wie Rhabarber.

Jón und Katrín hatten keine Kinder. Die Kleinen fuhren zusammen und duckten sich, wenn sie die Tür zuknallte, aber dann war sie plötzlich wieder guter Laune und lächelte so freundlich wie die Sonne, die auf die Häuser in den westlichen Stadtteilen schien.

»Du bist aus Árnessýsla?« sagt sie einmal zu Großmutter. »Ja, du lieber Gott! Und ich, ich komm von Snæfellsnes!«

Großmutter weiß nicht, was die Frau meint und findet es seltsam, daß sie wegen einer solchen Kleinigkeit Gott anrufen muß.

Aber so ist das Leben: Der eine ist aus Árnessýsla, der andere von Snæfellsnes; und dabei bleibt es.

4

Woher kommt dieser hungrige Ausdruck?

Woher diese Trauer in den Augen?

Im Keller des Hauses wohnte Gunnhildur, eine junge Witwe mit vier Kindern. Ihr Mann war mit einem Kutter untergegangen. Das älteste Kind war acht, das jüngste erst zwei.

Diese Kinder standen oft am Küchengarten und guckten Jón an, ohne sich direkt zu amüsieren, obwohl Jón zweifellos an verschiedenen Stellen Heiterkeit hätte erregen können, zum Beispiel wenn er auf dem Segelgarn spielte wie auf den Saiten einer Harfe oder Strophen vortrug wie diese:

> Dadurch werden Augen klar,
> dadurch wird der Mann gesund.
> Besser als Gebete gar
> ist Branntwein in der Morgenstund.

Gunnhildur stand in aller Herrgottsfrühe auf, stopfte und flickte, fand einen Bissen für die Kinder und ging dann los, um beim Fisch zu arbeiten, mit Kopftuch, gebeugt über die Wannen.

Sie weinte oft in Gedanken, aber wie aus Stein gehauen war ihr Gesicht, trotz ihrer Bindegewebsentzündung und Schmerzen am ganzen Körper.

»Gunnhildur«, sagte Großmutter. »Willst du mit mir reden?«

Großmutter wollte sie trösten, ihr vom Land erzählen, von den Blumen und Gott, aber Gunnhildur hörte nichts außer Botschaften von der anderen Seite, von der ihr spiritistische Medien und Wahrsagerinnen erzählten.

Die Kinder waren blaß. Sie standen am Küchengarten wie in einem seltsamen Hohlraum und guckten Jón an. Die Tränen, die sie geweint hatten, bildeten eine Aura um sie.

Großmutter mußte manchmal an die Armenhäusler denken, die an einem rauhreifbedeckten Tag in der Landgemeinde Reykárhreppur aufgetaucht waren, als sie als kleines fröhliches Mädchen am Rand der Hauswiese stand, aber dann dachte sie: Mein Mann ist auch auf See und rollt in der Ferne über das Meer; in mondhellen Nächten, hinter steilen Wogen, in Sturzseen und Sturm.

Und Kinder werden geboren, eines nach dem anderen.

5

Großvater und Großmutter bekamen zehn Kinder: acht Jungen und zwei Mädchen.

Halli war der Älteste, dann Kári, dann Ragnar, und Großmutter war schwanger mit Sigrún, als das Licht, das durch die Fenster hereinfiel, sich in dunkle Schatten verwandelte.

Später wurde die Wohnung in dem einstöckigen Haus zum Garten Eden, zum Himmelreich, das eines schönen Tages verschwand. Die Wohnung lebte weiter in der Erinnerung, obwohl heute, lange danach, sich ihrer keiner mehr entsinnt, außer Kári, der aber nur eine Erinnerung an sie hat.

Da ist Kári zwei Jahre alt, und Großmutter gießt kochendheißes Wasser aus einem großen Topf in eine noch größere Wanne. Sie will Wäsche waschen, und Kári kriecht irgendwo in der Nähe der Wanne herum und macht Unsinn.

Der Dampf zieht ihn an, und die Hitze. Ehe man sich's versieht, ist Kári in die Wanne eingetaucht. Er stößt ein entsetzliches Gebrüll aus. Alles wird still. Die Welt bleibt einen Augenblick stehen. Eine Katze, im Sprung nach einem Vogel, erstarrt in der Luft.

Großmutter nimmt Kári auf den Arm und läuft mit ihm hinaus. Steindór wohnt in der Nähe und hat sein erstes Auto. Er fährt Kári, schwer verbrannt und halb bewußtlos, zum Krankenhaus hinauf.

»Mir war es bestimmt zu leben«, sagt Kári, lange danach.

Gottes Wege sind unerforschlich: Wie Steindór, der damals sein erstes Auto hatte, später der Taxikönig der Stadt wurde, so erwies sich Kári als zählebig und kann immer noch davon erzählen, obwohl er sich an nichts in dem einstöckigen Haus am westlichen Ende der westlichen Stadtteile, wo Großvater und Großmutter ihren ersten Haushalt hatten, erinnert, außer an kochendheißes Wasser und Schmerz.

Kapitel neun

1

Gemessen an der Sklaverei an Bord, den Wachen und der Arbeitszeit war das Jahreseinkommen der Seeleute in die hohle Hand geschissen, und wenn die Schiffe aufgelegt waren, war oft keine Arbeit zu bekommen außer kleinen Gelegenheitsjobs am Hafen.

Arbeitsfähige Männer standen untätig herum, oder sie hingen vor den Läden und tranken. Damals verkaufte man Schnaps glasweise in den Läden, sogenannten Kramläden, die oft im Besitz der Reedereiunternehmen waren. Man konnte sich immer Alkohol beschaffen, obwohl Verbotsjahre und andere Orkane über das Land tobten.

Wenn es wenig Arbeit gab, war es manchmal nicht möglich, die Miete zur festgesetzten Zeit zu bezahlen.

Großvater trank, aber das war nichts im Vergleich zu dem, was später kam. Ich meine, er hätte Mitglied in einer Loge sein können, fein mit Schlips und Kragen, er wäre die Miete dennoch schuldig geblieben.

So war die wirtschaftliche Lage von Seeleuten mit dem Haus voller Kinder. Großvater hatte schon früher zu Jón sagen müssen: »Du weißt, ich bezahle, wenn wir in See gehen.«

Nichtsdestotrotz hat der Trawler Þór kaum seine Vertäuungen gelöst, als es an der Tür klopft und Jón hereinkommt, von einem Fuß auf den anderen tritt und sich am Kopf kratzt.

Großmutter geht mit Ragnar herum und versucht, ihn zu beruhigen, aber Ragnar hat ständig Hunger, und das ist zu hören.

Dann faßt Jón Mut, holt Luft und sagt barsch: »Ihr seid die Miete schuldig. Ihr bezahlt jetzt sofort, oder ich lasse euch rauswerfen.«

Da hilft keine Überredung.

Der Weg führt ostwärts in ein Kellerloch am Sjómannastígur. Es sind vier Kinder, das fünfte ist unterwegs. Alles, was sie besitzen, paßt in den Handwagen von Urgroßvater.

2

Obwohl Kapitän Erlingur ein harter Knochen war und den Matrosen scharfe Befehle erteilte und erwartete, daß sie gehorchten, schonte er sich selbst nicht, verließ nie die Brücke, wenn der Fang gut war, und übernahm nicht weniger Wachen als andere.

Sie hatten den Trawler gefüllt. Dann nahmen sie Kurs auf Grímsby. Als sie an Land gingen, sagte Erlingur: »Aber jetzt genehmigen wir uns ein Bier, Jungs.«

»Ich will kein verdammtes Bier«, sagte Großvater. »Ich will Whisky.«

»Hier kriegt keiner was anderes, als ihm angeboten wird«, sagte Erlingur. »Merk dir das, Ólafur Haraldsson.«

Als sie zurückkamen, ging Großvater davon aus, daß er wohnte, wo er sich niedergelassen hatte. Er freute sich darauf, nach Hause zu kommen, denn sie sollten rasch wieder auf Fahrt. Er verließ den Hafen, holte seinen Lohn ab und ging geradewegs heim.

Dann kam er zur Tür und öffnete sie. Litt er unter Sinnestäuschungen? Ganz andere Leute als die Seinen standen da im Haus. War er noch draußen auf See? Träumte er?

Großvater fand Jón im Schuppen. Jón wich zurück, als er sah, wie erregt Großvater war. Er wollte den Branntwein hervorholen, aber ausnahmsweise war Großvater nicht in der Stimmung.

»Du mußt das verstehen, Ólafur«, sagte Jón. »Verwandte von Katrín von Snæfellsnes wollten in die Stadt ziehen. Ich hab versucht...«

Aber Großvater fiel ihm ins Wort und sagte: »Es ist ein Jammer, wenn kräftige Männer sich von schmächtigen Frauen kleinkriegen lassen.«

Dann war er verschwunden.

3

Als Ólafur, mein Großvater, und Gunnar vom Miðkot am Strand spielten und auf den Kuttern anfingen, träumten sie davon, Kapitäne zu werden und in der Sjávargata oder am Sjómannastígur zu wohnen, wo Hausmädchen ihnen edlen ausländischen Wein und Zigarren servierten.

Jetzt geht Ólafur durch eben diese Straßen und späht nach einer Kellertür. Er geht den Sjómannastígur hinauf und hat noch nicht lange gesucht, als er sieht, wie seine Jungen, Halli und Ívar, aus einem Keller gelaufen kommen.

»Papa, hier wohnen wir«, ruft Ívar, aber dann sind sie wieder verschwunden.

Ólafur geht die Treppe hinunter. Feuchte Luft kommt ihm entgegen.

Guðný steht am Ende des Ganges, schöngekleidet und mit aufgelöstem Haar. Sie lächelt Ólafur zu.

»Jaja«, sagt sie, »dann willkommen zu Hause.«

Sie geht zu ihrem Mann und will ihn küssen, aber er ist wie eine glühende Kugel.

Er stößt sie von sich, guckt sich um und sagt: »Das ist kein Haus. Das ist ein Loch.«

Guðný verstummt jäh. Ólafur geht auf diesen wenigen Quadratmetern auf und ab. Er schlägt an die Wand, packt einen Stuhl.

»Geht ihr auf Fahrt?« fragt sie.

»Nein, der Trawler Þór kann meinetwegen zur Hölle fahren«, schleudert er hervor.

Jede einzelne Zelle seines Körpers schreit. Er will über die Ruinen dieser Welt hinausbrüllen.

Es war eine gute Fahrt gewesen, aber das Geld ging mit Großvater, als der aus der Tür ging.

Ein paar Stunden später wußte er nicht mehr, wie er hieß.

Kapitel zehn

1

Der Keller lag unter der Erde; dunkel und feucht, wie solche Unterkünfte waren.

Er war nicht als Wohnung gedacht, sondern als Vorratsraum, und so wurde er später auch benutzt.

Die Türen waren niedrig. Nur die Kinder konnten aufrecht hineingehen, die Wände waren kalt und naß, die Luft stickig und dumpf.

Öffnete man ein Fenster bei Windstille, wirbelte der Straßenstaub herein und wurde eingeatmet von den Kindern.

Bei Tauwetter und Regen floß das Wasser in den Keller.

Du gehst die Treppe hinunter.

Wenn du hineingekommen bist, befindest du dich in einem schmalen Gang. An seinem Ende ist eine kleine Kochecke, die in Wirklichkeit keine Ecke ist, sondern nur die Wand, wo der Gang endet.

Großmutter kocht auf einem Primuskocher; sie hat keinen Herd. Vom Gang gehen zwei Zimmer ab: das eine ist die Stube, das andere das Schlafzimmer.

Es sind kleine Zimmer. In einem ist ein Kohleofen, in dem anderen nichts.

Die Kinder schlafen im Zimmer, ihre Eltern in der Stube. Der Boden im Zimmer ist ganz, aber man kann kaum auf die Bodenbretter treten, ohne daß sie brechen. Dann kommt der Erdboden zum Vorschein, und aus den Löchern flitzen Ratten. Sie flitzen zwischen den Ecken hin und her und kriechen im Zimmer herum, aber niemand, mit dem ich gesprochen habe, erinnert sich an welche in der Stube.

»Hattet ihr Angst vor den Ratten?« frage ich Kári lange danach.

»Nein, ich erinnere mich nicht, daß wir Angst vor ihnen gehabt hätten, eher, daß wir gemein zu ihnen waren«, sagt Kári.

2

Der Mann, der diese Kellerlöcher besaß, hieß Björn Jónsson. Man nannte ihn Bjössi Blech.

Bjössi Blech besaß Kellerlöcher überall in der Stadt und auch einige Dachböden.

Manchmal sagte er den Eigentümern, die die Keller an ihn verkauften, er wolle dort Kartoffeln lagern, und es traf viele Eigentümer wie ein Blitz aus heiterem Himmel, wenn die Kartoffeln sich als arme Familien entpuppten, obwohl einzelne Spaßvögel sich lustig machten und sagten, die Armenhäusler keimten gut und gäben eine gute Ernte.

Der Spitzname Bjössi Blech kam zum einen daher, daß Bjössi eine Klempnerei besaß, aber auch daher, daß er, wenn die Böden in seinen Mietlöchern vor Fäulnis auseinanderfielen, Blechplatten über die Löcher nagelte.

Bjössi war ein vielseitiger Mann, einer von denen, die man Tausendkünstler nennt, denn er war nicht nur Klempner, sondern auch Bäcker und Schuhmacher, aber vor allem war er doch Spekulant und bekannt für seine Gewohnheit, die manche sonderbar fanden, daß er Branntwein in Milch trank.

Die Miete war fünfundvierzig Kronen, was reiner Wucher war, aber es nützte wenig, Einwände zu erheben, denn er konnte immer andere in die Wohnung setzen und gleichzeitig die Miete erhöhen.

Es nützte auch nichts, Wünsche zu äußern, daß man gern Kitt an den Fenstern, einen Abfluß vom Haus oder gestrichene Wände hätte. Bjössi hatte bei Beanstandungen der Leute immer eine Antwort parat, und die war: Täte er das für den einen, müßte er es auch für den anderen tun.

3

Großvater hatte völlig recht: Das war kein Haus, sondern ein Loch, aber das Loch lag unter einem Haus, sogar einem recht schönen Haus.

So waren viele der Häuser am Sjómannastígur. Sie waren von Kapitänen und Reedern, Unternehmern und Beamten gebaut, aber dazwischen waren Bruchbuden, und dann gab es die Keller.

Im oberen Stockwerk wohnte Sigurður Gunnarsson, ein Großkaufmann. Gunnar, sein Vater, hatte englische Aristokraten auf ihren Reisen im Land geführt und beim Pferdekauf unterstützt. Sie führten Gold in Eisenkoffern mit und zahlten bar.

Gunnar gründete zwei Bekleidungsgeschäfte, ein Lebensmittelgeschäft und einen Porzellanhandel und schickte den Sohn zur Handelsausbildung nach England. Jetzt war Gunnar tot, Sigurður war seit langem von der Ausbildung zurückgekehrt und führte die Geschäfte.

Sigurður hatte in England allerhand gelernt, eines aber besser als anderes: Menschen nicht zu beachten, es sei denn, sie kamen aus derselben Gesellschaftsschicht wie er. Helga, seine Frau, eine zartgebaute, schöne Frau, war stark engagiert in Wohltätigkeitsvereinen, die Weihnachtsbaumfeiern für arme Kinder abhielten und ihnen abgelegte Kleidungsstücke schenkten.

Helga hatte Mitleid mit Großmutter und den Kindern. Einmal zu Weihnachten schenkte sie ihr Seidenhemden und Matrosenanzüge, die für die Söhne des Ehepaars zu klein geworden waren.

So saßen Halli, Ívar, Kári und Ragnar zu Weihnachten im Kerzenlicht und waren so unglaublich fein.

»Man war einfach wie ein Bote aus einem anderen Sonnensystem«, sagt Kári, lange danach, aber Großvater fand, diese Festkleider machten den Keller noch erbärmlicher.

»Ihr sitzt hier wie kleine Prinzen«, sagte er, aber Großmutter war begeistert von schönen Kleidern, und die Jungen trugen sie, bis sie ebenso zerschlissen waren, wie ihre Nationaltracht es später wurde.

4

Sigurður meinte, sein Vater Gunnar habe mit dem Verkauf des Kellers einen Fehler gemacht. Das Ehepaar wollte ihn am liebsten zurückkaufen und zu Vorratsräumen machen. Aber mit Bjössi Blech war darüber nicht zu verhandeln. Wenn er betrunken war, rühmte er sich, armen Leuten Obdach zu gewähren, und verglich sich mit Robin Hood.

Großkaufmann Sigurður besprach die Sache mit Bjössi in dessen Büro am Laugavegur. Bjössi saß hinter seinem Schreibtisch, angeheitert und mit Milchbart, eine frische Sahnetorte vor sich. Unten war eine Bäckerei. Die gehörte Bjössi.

Er warf sich einigermaßen in die Brust und bot Sigurður von den Leckereien an, aber Sigurður wollte nichts haben: weder Branntwein in Milch noch ein ordentliches Stück Torte.

Kaffee wurde nicht angeboten.

»Sieh mal«, sagte Bjössi. »Wenn ich einen Keller verkaufe, muß ich sie alle verkaufen.«

»Ich sehe nicht, warum das so sein müßte«, sagte Sigurður.

»Doch«, sagte Bjössi und nahm einen tüchtigen Schluck Milch, »damit schaffe ich einen Präzedenzfall. Wenn eine Kuh pißt, pissen alle.«

»Aber Sie haben ursprünglich gesagt, dieser solle als Kartoffelkeller dienen.«

»Pah«, sagte Bjössi, »wo ist der Unterschied zwischen Armenhäuslern und Kartoffeln, wenn man genau hinguckt?«

Sigurður war sprachlos, sagte dann aber: »Kartoffeln halten wenigstens Ruhe.«

»Aber sie bezahlen keine Miete«, sagte Bjössi und schob gleichzeitig die Tortenplatte zur Seite.

Dann guckte er dem Großkaufmann starr in die Augen, versuchte, ernst zu sein, bekam aber im selben Augenblick Schluckauf und sagte: »Von irgendwas muß man ja leben.«

Großkaufmann Sigurður Gunnarsson war perplex. Lange dachte er über Bjössi nach. Leute werden arrogant aufgrund von blindem Vertrauen in die eigene Überlegenheit, obwohl blindes Vertrauen oft Mißtrauen entspringt. Da saß Bjössi Blech, nur ein gewöhnlicher Lump, und machte den Großkaufmann höchstpersönlich fertig.

Aber so ist das Leben; und solange es sich so verhält, wird es immer welche geben, die mit Leuten von oben herab sprechen, sei es nun in der Vergangenheit, in der Gegenwart oder in der Zukunft.

Kapitel elf

1

Lange nachdem Onkel Ívar ein steinreicher Mann geworden war und weiße Skier besaß, die, wie es hieß, aus Elfenbein waren, erzählte er immer wieder von der Krone und dem Mann, der ihm die Krone geschenkt hatte.

Das passierte im großen Frostwinter, als Ívar mit seinen jüngeren Brüdern Kári und Ragnar hinunter zum Hafen gegangen war, um ihnen zu zeigen, wie die Bewegungen der Wellen das Eis aufbrechen ließen.

Kári und Ragnar hofften darauf, einen Eisbären zu sehen, mit dem irgendein starker Mann aus der Stadt ringen und ihn zu Fall bringen würde.

Aber da wendet sich plötzlich ein Mann an Ívar. Es ist ein feiner Mann im schicken Mantel und mit Hut. Der feine Mann fährt mit der Hand in den Mantel, zieht seine Brieftasche heraus und reicht Ívar eine Krone.

»Ich glaube, der Mann hat gedacht, ich wäre am Sterben«, sagte Ívar. »Ich sah so mager und unterernährt aus.«

Ívar nannte den Namen des Mannes, aber der ist lange vergessen. Er ging im heiligen Augenblick der Erzählungen verloren, im Leuchten, das von der Krone ausging, und obwohl diese Krone nicht viel war, gemessen an all den Kronen, die später auf Ívars Weg lagen, gehörte diese Krone zu seinem Leben, und an ihr maß er alle anderen Kronen.

2

In diesem Winter stöhnte die Erde unter dem klirrenden Frost, und manchmal hörte man Weinen in dem Stöhnen.

Mit dem Frost kamen schwere Stürme, Schneegestöber und Treibsand. Als der Wind sich legte, lag der Frostnebel wie eine blauweiße Decke über dem Land.

War das Land dabei, unter einer Eisplatte zu verschwinden?

Kinder wurden warm angezogen zu Bett gebracht. Wenn sie nach draußen wollten, zogen sie alle verfügbaren Kleidungsstücke an und banden sie mit einer Schnur zusammen.

Man erinnerte sich an frühere strenge Winter wie an Ereignisse der vergangenen Woche.

Das Hungergespenst ging von Haus zu Haus.

Der Hafen fror zu.

Der Sund hinaus nach Engey und der Fjord bis hinüber nach Kjalarnes waren zugefroren. Die Kälte drang in den kleinsten Winkel.

Schiffe wurden mit speziellen Eissägen aus dem Hafen gesägt, aber nach und nach wurde das Eis so dick, daß es nicht mehr möglich war, die Schiffe loszubekommen.

Im Torfhaus an der Grandavör war die Stube mit Rauhreif bedeckt. Eine dicke Schicht legte sich über das Fenster. Es gefror in den Nachttöpfen, und das Feuer erstarb.

Zu dieser Zeit hatten mein Urgroßvater und meine Urgroßmutter zu altern begonnen, und die Torfhöfe an der Küste wurden rasch weniger.

Die, die noch standen, wurden mit jedem Tag, der verging, altersschwächer, aber in der Nähe erhob sich eine riesengroße Fischfabrik, im Besitz des Unternehmens Alliance.

Haraldur, mein Urgroßvater, hatte im großen und ganzen mit dem Fischfang aufgehört. Er fuhr im Frühjahr hinaus nach den Seehasen, bekam aber sonst Fisch vom Unternehmen Alliance, den er an seinem Trockenplatz trocknete. In seinem Steingarten pflanzte er Kartoffeln und Rüben.

Die Schwestern Jóhanna und Þórdís waren hinunter in den Stadtteil Grjótaþorpið gezogen, ebenso wie ihr Bruder Magnús, der im Hafen arbeitete. Haraldur und Urgroßmutter Sigrún wohnten nun allein in dem Torfhof.

Sigrún saß da, schweigsam und still, außer wenn plötzlich Schimpfworte von ihren Lippen strömten.

»Am besten, wir waschen die Lumpen, die du anhast, damit sich nicht der Gestank von dir über die ganze Stadt legt«, herrschte sie Haraldur an.

»Schon gut, Liebe«, sagte er.

Jetzt aber war alles gefroren und nichts zu waschen; der Handwagen saß im Steingarten fest, das meergepeitschte Geröll am Meer und die Steine an den Hügeln lagen da wie riesige Eier, die unbekannte Vögel aus der Eiszeit gelegt hatten, lange vor den Tagen der Torfhöfe.

Im Norden unter dem Polarkreis kauert die Stadt in der Kälte.

Bei ruhigem Wetter scheint die Sonne, hell und klar. Am Abend glitzert der Schneeharsch.

Das Nordlicht flammt wie Feuerwerk.

3

Vier Jahre zuvor, als Großmutter den Laugavergur hinunterging, bekam sie Wehen. Ragnar wollte auf die Welt. Sie warf zufällig einen Blick über die Straße und sah dort ihre Mutter stehen, gebadet in Sonnenstrahlen.

Zur selben Stunde lag Ásthildur, ihre Mutter, tot in einem Haus in Stokkseyri, und Großmutter fiel in Ohnmacht und hätte Ragnar wahrscheinlich dort auf der Hauptstraße der Stadt geboren, wären nicht resolute Leute herbeigeeilt und hätten die Hilfe geholt, die nötig war.

Großmutter träumte oft seltsame Träume, während sie Ragnar erwartete. Sie war abwechselnd in fremden Diamantenreichen, wo Sultane durch Säle gingen, oder sie rutschte auf dem Hintern dunkle Kohleminen hinunter.

Sie begriff nicht, wie sie so weitgereist sein konnte, während sie schlief. Unterdessen drehte sich Ragnar unruhig tretend in ihrem Bauch herum, und er erschien genau dann auf dem glatten Tanzboden, den man Leben nennt, als der Erste Weltkrieg ausbrach.

Obwohl Ragnar im Laufe der Zeit mancherlei vorgeworfen wurde, gehörte er nicht zu den Urhebern des Krieges, aber er sollte später in einem fremden Land kämpfen und auf dem Schlachtfeld verletzt werden, im Bürgerkrieg in Spanien, der das Vorspiel zum nächsten Weltkrieg war.

Großmutter glaubte eine Zeitlang, sie erwarte Zwillinge, aber Ragnar war auch nicht gerade klein und entwickelte sich und wuchs und wurde über zwei Meter groß.

Als Ragnar auf dem Schlachtfeld im Spanischen Bürgerkrieg auftauchte, war keine Uniform groß genug für ihn, und so mußten die Schneider des republikanischen Heeres den Mantel eines französischen Eisenbahnbeamten zu einer Jacke für ihn umarbeiten.

4

Die Geschichte kehrt jetzt zu der Zeit zurück, als der Fimbulwinter über die Nordpolarzone tobte und keinen verschonte, am allerwenigsten einen Keller unter der Erde am Sjómannastígur in Reykjavík.

Das Kellerfenster hatte zwei Scheiben, von denen nur eine über der Erde war. Rauhreif bedeckte sie an der Innenseite. Jeden Tag mußte man den Schnee vom Fenster schaufeln und die Scheiben innen abkratzen, damit das Licht hereindrang. Die Wanne, in die Kári drei Jahre zuvor gefallen war, füllte sich mit Wasser.

Um ihre Kinder in der Kälte zu wärmen, versuchte Großmutter, sie einzupacken, so sehr sie konnte, und ihnen Geschichten zu erzählen. Es brauchte packende Geschichten, damit die Zähne in den Mündern zu klappern aufhörten.

Sie griff zu den Geschichten, die sie über Trolle und Riesen kannte, würzte sie mit feuerspeienden Bergen, Elfenprinzessinnen, unschuldigen Schäfern, die vor Riesen flohen, und Hexen, die vom Tageslicht überrascht und zu Lavasäulen wurden.

Diese Geschichten hielten die Aufmerksamkeit aller Kinder wach, außer Ragnars. Er fand Geschichten von Riesen unangenehm, weil er selbst so hochgewachsen war.

Nun waren sowohl Ívar als auch Kári so groß, daß es den Leuten auffiel, aber Ragnar war noch einen Kopf größer als sie. Ihm gingen die Probleme der Riesen nah, denn in Wirklichkeit waren sie nur schwermütige, einsame Leute, mit denen niemand Umgang haben wollte, weil sie anders waren als andere Menschen.

Geschichten wie die von Hans und der Bohnenstange hielt Ragnar für reinen Unsinn; aber er vergaß diese Geschichten nicht, ebensowenig wie die kalten Tage im Keller, und behauptete später, Wucherer und Geizhälse seien öfter kleine als große Männer.

Die Propaganda gegen Riesen war von gleichem Ursprung

wie die Abneigung gegen Bären, die dazu benutzt wurden, die Russen anzuschwärzen, diese Ehrenmänner...

So konnte Ragnar daherspinnen, wenn die Beredtsamkeit ihn überkam, obwohl die Wurzeln in den Kindergeschichten lagen, die in dem großen Frostwinter nur in der Absicht erzählt wurden, ihn und die anderen, die zuhörten, zu wärmen.

Wenn Ragnar den Geschichten, die Großmutter erzählte, nicht zuhörte, schlug er Purzelbäume zwischen den Wänden. Sein Toben und der Lärm waren derart, daß sein Vater Ólafur ihn immer wieder fassen und fest in den Armen halten mußte.

Ragnar kämpfte mit Zähnen und Klauen, packte die Nase seines Vaters, drehte sie um, stampfte und strampelte, bis er aus seiner Umarmung loskam.

Dann begann auf den wenigen Quadratmetern ein Fangenspielen, das mehr als einmal damit endete, daß Ólafur aufgab und in bekümmertem Ton zu Ragnar sagte: »Du bist wie hundert Stiere.«

Ólafur kam es manchmal so vor, als würden ihm beide Trommelfelle platzen, und er dachte für sich, daß dieses Kellerloch in Wirklichkeit schon für Ragnar allein zu klein war.

Es ist nicht überliefert, inwieweit es Großvater durch Geschichten über Trolle und Riesen warm wurde, aber wenn es ihm gelang, sich Branntwein zu beschaffen, ließ er sich kaum noch beeindrucken und konnte alles fernhalten: Trolle, Riesen und den Lärm von den Kindern.

Morgens stellte er sich in die Reihe der arbeitsfähigen Männer, aber es war wenig zu tun bis weit in den Februar. Dann begann der Wellengang das Eis zu brechen, und es schmolz nach und nach, während ein Schiff nach dem anderen den Hafen verließ.

Großvater fuhr wieder auf dem Trawler Þór, aber die Arbeitslosigkeit hatte einen Strich durch manche Rechnung gemacht.

Bei vielen herrschte Not.

5

Als eine Gesetzesvorlage über die Ruhezeiten der Seeleute auf den Trawlern eingebracht wurde, sagte einer der zahlreichen Alþingsabgeordneten, die gegen die Vorlage stimmten: »Das ist eine Seuche aus dem Ausland.«

Nun weiß ich nicht, welche Ärzte bereit wären zu unterschreiben, Schlaf sei eine ausländische Erfindung.

Eine andere Sache ist, daß im selben Jahr eine Seuche aus dem Ausland ins Land kam. Sie wurde von Spanien aus durch Europa nach Norden verbreitet, kam hierher mit Schiffen aus Kopenhagen und brach im November aus.

Dies war die Spanische Seuche, die einen nach dem anderen ins Bett zwang. Rasch lag die Hälfte der Stadtbevölkerung, und die Leute starben wie Fliegen. Im Fernmeldeamt war ein einziger Mitarbeiter auf den Beinen. Die Ärzte arbeiteten von sieben Uhr morgens bis zwei Uhr nachts, sahen Väter und Mütter ihre Kinder verlieren und umgekehrt, und einige Ärzte steckten sich an.

Die Leichen wurden mit Pferd und Wagen weggefahren, aber als die Leichenhäuser voll waren, stellte man auf dem Friedhof im Westen der Stadt einen Straßenarbeiterschuppen auf und benutzte ihn als Aufbewahrungsort für die Verstorbenen.

Unter ihnen war die Witwe Gunnhildur und ihre beiden jüngsten Kinder. Sie lagen neben ihrer toten Mutter und redeten im Fieberwahn, bis auch sie starben; die ältesten Kinder wurden zu Familien aufs Land geschickt und wuchsen dort auf.

Gunnhildur allerdings schien keine Ruhe zu finden und suchte das Haus und den Keller auf, wo sie gewohnt hatte. Von dort hörte man merkwürdige Laute, Gegenstände bewegten sich, und so kam es, daß die Leute von Snæfellsnes, die darüber wohnten, die Flucht ergriffen.

Katrín war nun allein im Haus, denn Jón war gestorben,

aber dieser Spuk ging weiter und verschwand erst, als das Haus abgerissen war und Katrín einen besseren Ort gefunden hatte.

6

Großvater kam in tiefer Finsternis in die Stadt. Alle an Bord waren krank, außer ihm, Kapitän Erlingur und zwei anderen Matrosen. Großvater fühlte sich völlig gesund.

Sie gingen vor Anker und tuteten. Niemand zeigte sich. Sie ließen ein Boot zu Wasser und ruderten an Land. Auf dem Kai gewahrten sie nicht einen Menschen.

Die Absicht war, ärztliche Hilfe zu holen, aufs Schiff zurückzukehren und für die Kranken zu sorgen.

»Ihr geht zu euch nach Hause«, sagte Kapitän Erlingur zu den Matrosen, »und stellt fest, wie die Lage ist, während ich den Arzt hole. Dann treffen wir uns hier.«

Ólafur vergaß nie seinen Gang durch die Stadt in dieser Nacht. Es war, als wäre alles Leben erloschen. Vereinzelt sah man schwaches Licht in den Fenstern. Überall war es dunkel, schwarz und kalt.

Die Krankheit war auf ihrem Höhepunkt. Ólafur spürte seine Angst. In schlechten Häusern und in den Kellern erkrankten mehr Menschen.

Er bog in den Sjómannastígur ein. Es war stockdunkel im Keller, die Tür verschlossen. Ólafur klopfte an, aber lange kam niemand. Jetzt sehnte er sich nach Toben und Lärm. Dann hörte er ein leises Geräusch. Kári öffnete die Tür.

Vielleicht war dies das einzige Mal, daß Großvater wirklich froh war, in den Keller zu kommen.

Dort war niemand krank.

Dort wurde niemand krank.

Da waren die Kinder inzwischen zu sechst und das siebte unterwegs; Gummi war ein Jahr alt und Großmutter hochschwanger mit Sæunn.

Kapitel zwölf

1

Später, als all diese Jahre vergangen waren und nie wiederkehrten, trafen sich die Brüder manchmal zu Hause bei ihrer Mutter Guðný und ihrem Bruder Haraldur in der Eiríksgata.

Ich sage Brüder, denn Sæunn, die Schwester, die Großmutter erwartete, als die Spanische Seuche wütete, war tot: Sie steckte sich auf Fíflholt, dem Hof in der Landgemeinde Kambahreppur, wo man sie in Pflege gegeben hatte, an und starb, gut zwanzig Jahre alt. Sigrún, die zweite Schwester, wohnte östlich der Berge, in Hveragerði, und kam nicht so oft.

Bei solchen Gelegenheiten rezitierte Großmutter Gedichte für uns Kinder und erzählte uns von ihrer Heimat, der Landgemeinde Reykárhreppur, und den Landstreichern. Als die Geschichte so weit fortgeschritten war, konnten die Brüder in guten Anzügen auf dem Sofa sitzen, Kaffee trinken und Zigarren rauchen, ohne befürchten zu müssen, daß ein Sozialfürsorger in der Türöffnung auftauchte oder ein Gemeindeumzug vor der Tür stand.

Ívar war der reichste. In einem Jahr bezahlte er drei Millionen an Steuern. Im selben Jahr nahm Ragnar während eines Streiks an harten Kämpfen teil und schnappte auf einer Pfahlbrücke draußen bei Grandi drei Kaufleute mit einer halben Tonne Kaffee.

Aber obwohl Ívar reich war, hatte er lange Zeit keinen Anzug, und er trank weder Kaffee noch rauchte er, sondern stand mit einem Mixer in der Küche und rührte Gemüse und

Obst zusammen, nach Rezepten von Naturheilkundlern oder nach eigenem Kopf.

Ab und zu aß Ívar den Brei direkt aus dem Mixer, oder er machte daraus ein Mus, das die meisten probierten, aber die wenigsten öfter als einmal.

Dann ging Ívar in weiten Arbeitshosen und Pullover, aus dem die Ellenbogen hervorschauten, in die Stube, setzte sich mit einer Banane auf eine Sofaarmlehne und trug Theorien über die Zauberkraft der Zwiebel, Sonnenbäder, Meerbäder und Geld vor.

Aber dort kam noch mehr zur Sprache, alle möglichen Dinge und Geschichten, die sich in der Vergangenheit zugetragen hatten.

Manchmal sprach man vom Sjómannastígur und den Kindern, die dort gewohnt hatten. Sie waren nicht anders als andere Kinder, spielten auf den Straßen, auf den Wiesen und unten am Hafen.

Die Jungen machten sich Fischfanggerät zurecht, gingen hinunter zum Hafen und fingen Seeskorpione. Sie konnten sich Boote leihen und schipperten im Hafen herum, rollten Faßbänder vor sich her oder fanden ein Widderhorn, hielten es sich ans Ohr und taten so, als telefonierten sie.

Der Hafen war eine Welt für sich, ebenso wie die Wiesen: die Olsenswiese, die Thorsteinsenswiese und die Landakotswiese.

»Keiner hat was gesagt, wenn wir auf der Olsenswiese und der Landakotswiese gespielt haben«, sagt Kári, »aber der Mann, der sich um die Thorsteinsenswiese gekümmert hat, der hat uns weggejagt, und wenn er Bälle erwischt hat, hat er sie zerschnitten.«

»Es gab eine Menge Reiche da in der Gegend«, sagt Ívar.

»Ja, aber auch arme Leute und solche, die nur gerade was zu essen und anzuziehen hatten«, sagt Gummi, der Polizist.

»Es war sehr unterschiedlich, wie es den Leuten ging«, sagt

Ragnar. »Ich vergesse nie das erste Mal, als ich zu Grímur dem Boxer nach Hause kam...«

»Gunnlaugur, sein Vater, war Kapitän der Siríus und Teilhaber in der Alliance«, wirft Ívar ein.

»Ich wußte nicht, wo ich gelandet war, zwischen all diesen geschnitzten Uhren, Tischen mit Marmorplatte und gekacheltem Badezimmer«, fährt Ragnar fort. »Das war natürlich was ganz anderes als bei uns in dem verdammten Keller.«

»Aber man hat sich trotzdem nicht den Kopf darüber zerbrochen«, sagt Kári. »Grímur war einfach unser Freund und fertig.«

2

An der Ecke Sjómannastígur und Sjávargata wohnte ein Mädchen namens Dagbjört. Sie arbeitete im Milchladen. Sie war so lieb und gut, daß die Kinder sich um sie scharten. Sie war gut zu allen Kleinen, auch zu den armen und vielleicht besonders zu ihnen.

Dagbjört war Einzelkind. Sie nahm die Kleinen mit zu sich nach Hause, richtete ihre Kleider und gab ihnen zu essen. Sigrún ging manchmal zu ihr in den Milchladen, und Dagbjört lud sie zu sich nach Hause ein.

»Ich weiß noch, sie wollte mir etwas zum Anziehen schenken«, sagt Sigrún. »Da war ein Schrank voller zusammengefalteter Sachen, hauptsächlich Unterwäsche.«

Dagbjörts Vater hieß Hilmar und war Maurermeister. Er war immer ziemlich mürrisch.

»Dagbjört!« sagte Hilmar eines Tages, als es regnete und ein paar Kinder auf dem Treppenabsatz standen. »Was schleppst du dauernd diese Armenhäuslerkinder hier nach Hause?«

»Papa«, sagte sie und sah ihren Vater schmerzlich an.

Aber Maurermeister Hilmar hatte die Besinnung verloren. Er schrie seine Tochter und die Kleinen an: »Das sind die dreckigsten Kinder aus den dreckigsten Löchern, Kellerlumpen und Idioten! Ich will dieses Pack nicht mehr in der Nähe meines Hauses sehen!«

Da liefen die Kleinen weg, stürzten durcheinander die Treppe hinunter, manche mit geballten Fäusten in den Taschen und Kloß im Hals, Dagbjört aber saß noch am Fenster und weinte.

Es regnete aufs Fenster, und die Tränen flossen.

Dann sah man eine Hand um ihre Schulter fassen. Sie verschwand.

Die Gardinen bewegten sich.

Dann war da nur noch der Regen.

Als Sigrún ein paar Jahre auf Seylukot in der Landgemeinde Kambahreppur gewesen war, kam sie in die Stadt, um sich konfirmieren zu lassen. Da lag Dagbjört im Sterben. Sie hatte Tuberkulose.

Maurermeister Hilmar war ein gebrochener Mann. Er glaubte, das sei die Strafe, die ihm auferlegt worden sei, weil er so böse zu den armen Kindern gewesen war.

Schlimme Gedanken verfolgten ihn wie Gespenster. Als Dagbjört starb, verschenkte er, was er besaß, und endete als Pförtner bei einer Wohltätigkeitsinstitution, auf ewiger Suche nach Vergebung. Die armen Kinder aber wuchsen heran, manche wurden reich und schauten mit gehässigen Blicken auf diesen hilflosen Pförtner, der einst böse Worte hatte fallen lassen.

3

»Wir gingen auch raus zur Grandavör, Großvater und Großmutter besuchen«, erzählt Sigrún.

»Halli hing sehr an seinem Großvater und Namensvetter. Sie verbrachten ganze Tage miteinander. Er erzählte Halli viel über Vögel, und ich denke, wenn wir Geschwister die Schule besucht hätten, wäre Halli Ornithologe geworden.

Er hatte soviel von einem Vogel in sich, als er jung war.

Kári und Ragnar gingen auch dorthin, mit Grímur dem Boxer und anderen Jungen. Großvater gab ihnen Fisch, den sie mit heimnehmen konnten, und manchmal schenkte der alte Mann uns Kindern eine Münze.

Ja, ich glaube, es ging ihnen wirtschaftlich sehr gut. Mama hat von ihnen hundert Kronen geerbt und wir Kinder zehn pro Nase.

Die Jungen hingen mehr an ihrem Großvater als an Großmutter. Sie schenkte ihnen wenig Beachtung, war schweigsam und schwermütig. Für Mama war es, als hätte sie im Traum unzählige Eiszeiten erlebt. Sie war sehr speziell, Großmutter. Das waren beide Schwestern, Valborg und Großmutter.

Man spricht ja vom Vallageschlecht, Valborgs Nachkommen, aber Mama nannte die Leute an der Grandavör Fischgeschlecht und sagte manchmal, wir hätten das und das vom Fischgeschlecht.

Aber ich war Großmutters Augenstern, weil ich nach ihr genannt worden war und Sigrún hieß wie sie. Wenn wir beiden allein waren, wärmte sie Wasser und goß es in eine riesengroße Holzwanne. Dann zog sie sich aus und kletterte in die Wanne, und ich schrubbte ihr Rücken und Schultern.

Das war schon etwas speziell, denn dann war sie wie ausgewechselt, erzählte mir Geschichten, lächelte und lachte, aber so sah sie sonst kaum jemand. Sie war nicht der Typ, Leute anzulächeln.

Ich glaube, sie war der Meinung, lächelnde Leute seien Idioten.

Wie Fotografen!«

»Fotografen?« frage ich.

»Ja! Stell dir vor!« fährt Sigrún fort. »Sie hatte nichts übrig für diesen Volksstamm.

Jetzt hör zu!

Ein Fotograf, Kristján, lungerte immer da unten am Wasser herum. Großmutter hielt ihn für einen Gecken. Sie begriff nicht, wie ein erwachsener Mann mit einem riesengroßen Auge mit Fuß auf diesem Geröll am Wasser herumklettern konnte, nur um diese windige Drecksgegend auf irgendeinem Schnipsel Papier zu sehen.

Aber sie waren die besten Freunde, Großvater und Kristján. Ich weiß noch, einmal sagte Großmutter zu Großvater: ›Was sitzt du da wie irgendein Depp und läßt dir von dem Kerl die Seele aus dem Leib zerren? Siehst du nicht, daß der nur ein Landstreicher ist?‹

Großvater sagte nur: ›Schon gut, Liebe, schon gut‹, wie immer, aber Kristján, der ein kleiner Spaßvogel war – er trug den Titel Königlicher Fotograf, denn er hatte einmal seinen Namensvetter, den Dänenkönig Kristian den Neunten, abgelichtet, lange vor der Jahrhundertwende –, er sagte zu Großmutter, während er ein Bild von Großvater machte: ›Soll ich nicht anschließend dich fotografieren, Sigrún?‹

›Wenn du dich nicht trollst mit deinem Krempel‹, sagte Großmutter, ›gibt es Dresche.‹

Heute aber gelten Kristjáns Bilder als absolut großartig. Es findet keine historische Fotoausstellung statt, ohne daß Großvater an allen Wänden hängt.

Auf einem der Fotos sitzt er auf dem Stein an der Tür, mit Vollbart und Hut. Da ist er schon sehr alt. Hinter ihm ist das Torfhaus zu sehen, halb verfallen, mitgenommen von Wetter und Wind. Auf einem anderen Bild ist er erheblich jünger, in Seemannskleidung, Lederjoppe und Lederhose, und hat einen Köder und eine Leine in der Hand.

Dieses Bild hing lange im Nationalmuseum, damit Schulkinder sehen konnten, wie majestätisch Seeleute in alten Zeiten waren, und ich für meinen Teil möchte nur sagen: Wenn die Bilder vom Dänenkönig Kristian genausogut sind wie die Bilder von Großvater, dann hat der Dänenkönig keinen Grund, sich zu schämen.«

Kapitel dreizehn

1

»Mir kommt vor, ich war schon von zu Hause weg, bevor Papa angefangen hat zu trinken«, sagt Kári.

»Ach, ich hab immer geglaubt, wir sind weggeschickt worden, weil er trank«, sagt Ólafur, mein Vater.

»Vielleicht hast du recht«, sagt Kári. »Ich hab nur so lange nicht daran gedacht.«

»Aber er war bestimmt ein guter Seemann«, sagt Papa.

»Ja, es war gar nicht so einfach in diesen Jahren, auf einem Trawler anzuheuern«, sagt Kári, »und die Bracker, die sortiert haben, das waren Leute, die verstanden was von Fisch.«

»Ich weiß noch«, sagt Papa, »als ich in der Dvergheimar gebaut habe und alte Fischgestellstangen für das Gerüst besorgen wollte. Da bin ich zu Lalli gefahren, dem mit dem Salzfisch. Du erinnerst dich, er hatte die Salzfischverarbeitung in den Baracken unten bei Keilir. Als ich komme, sagt Lalli: ›Ich geb dir die Stangen gratis, du bist der Sohn von Bracker Óli. Er war ein prächtiger Mensch. Nur daß er zu viel trank.‹«

»Ja, jetzt, wo du es sagst«, sagt Kári. »Es war entsetzlich, wie er trank. Papa war grausam und aggressiv, wenn er betrunken war, böse zu Mama und zu uns. Er war eine schwere Last.«

2

Männer wie Großvater scheinen gedacht zu haben: Lasset die Kindlein zu mir kommen, aber was aus ihnen wurde, spielte eine geringere Rolle, nicht aufgrund irgendeiner leichtsinnigen Theorie hinsichtlich des fragwürdigen Eigentumsrechts von Eltern über ihre Kinder, sondern aufgrund der eiskalten Wirklichkeit, der sie sich ausgesetzt sahen.

»So waren die Verhältnisse«, sagt Gummi. »Es nützte nichts, darüber traurig zu sein.«

...

Oft hatte Großmutter kein Geld in der Hand, weil Großvater seinen ganzen Lohn vertrank. Sie konnte bei Kaufmann Árni, der einen kleinen Laden in der Sjávargata betrieb, anschreiben lassen.

Die Reederei bezahlte einen Teil von Großvaters Lohn an Großmutter aus, damit sie beim Kaufmann ihre Verpflichtungen erfüllen konnte, aber manchmal hatte er keinen Lohn ausstehen.

Kaufmann Árni hatte einen leichten Ton und war charmant zu den Hausfrauen: »Einen schönen guten Tag, liebe Frau Guðný«, sagte er. »Was darf ich der gnädigen Frau heute anbieten?«

»Was ist am günstigsten auf der Waage?«

»Ein wenig Hack, und ich wiege es reichlich für Sie.«

Wenn Großvater nicht auf See war, arbeitete er als Fischsortierer. Diese Leute wurden Bracker genannt, und Großvater bekam den Spitznamen Bracker Óli. Wenn Großvater als Bracker Dienst tat, stand er in aller Herrgottsfrühe auf und war schon weg, wenn die anderen aus dem Bett kamen.

Großvater ging geradewegs zu den Trockenhäusern am Fischersund hinunter. Da stand er an den Stapeln und kommandierte. Am meisten Sorgfalt widmete man dem Fisch, der nach Italien ging. Nach Spanien ging der steinharte Fisch, etwas weicherer nach Portugal. Sonnengetrockneter Fisch war höher geschätzt als der, der in Trockenhäusern getrocknet war, aber in den Häusern konnte man auch bei schlechter Trockenzeit im Sommer und bei Winterkälte arbeiten.

Zur Mittagszeit kamen Kári und Ragnar mit Kaffee in einer Flasche, die in einer Wollsocke steckte, und Roggenbrot, das Großmutter in ein rotes Schnupftabaktuch gewickelt hatte. Die Halle war gefliest, und alles hallte wider. Manchmal beschimpften die Fischverkäufer die Bracker, aber waren sie mit ihnen zufrieden, boten sie ihnen einen Schnaps an.

Wenn die Jungen ihren Vater so im Raum stehen und kommandieren sahen, konnten sie nicht anders, als stolz auf ihn sein, er hatte offenbar viel zu sagen dort an seinem Arbeitsplatz, aber wenn er nach Hause kam, roch er merkwürdig und war unsicher auf den Beinen.

Manchmal blieb er am Zaun stehen, und die Kleinen guckten ihn an. Er sprach mit schwerer Zunge. Er zitterte und schwankte.

»Nein, es verhieß nichts Gutes, ihn so zu sehen, und es war hart für die Kinder«, sagt Grímur der Boxer, »denn er war sonst ein prächtiger Kerl, der Óli.«

3

Aber so waren die Verhältnisse; und manchmal war Großvater voller Groll und Wut. Dann nahm er, was ihm in die Hände fiel, und warf damit, hämmerte auf den Tisch und schrie wie die Horde von Graf Zakarías.

Nein, es verhieß nichts Gutes.

Einmal bei einem solchen Wutanfall griff er sich Finnur; Finnur, der ein Jahr nach Sæunn geboren war und zwei Jahre vor Vater.

Großvater war blind vor Raserei. Er stand mit Finnur da und wollte ihn einfach so in die Luft werfen.

Großmutter stand mitten im Raum und sah zu, das lange schwarze Haar floß ihr den Rücken hinunter. Sie war rot im Gesicht vor Angst und vor Erregung.

Kannte sein Jähzorn keine Grenzen?

Gottes Wort hängt in der Luft.

»Willst du das Kind umbringen?« fragt sie.

Einen Augenblick ist es, als käme Großvater zu sich. Ihm geht auf, daß er ein Kind hält und keinen Tisch oder Stuhl. Er hat nicht gewußt, wonach er gegriffen hat.

Dann setzte er sich und begrub das Gesicht in den Händen. So saß er eine Weile. Alle machten »pscht!« und schwiegen und hofften, er werde einschlafen, aber dann richtete sich Großvater auf, guckte um sich und verlangte Eier.

»Aber es sind keine Eier da«, sagt Großmutter.

»Dann geh los und kauf Eier!«

»Es ist kein Geld da für Eier.«

»Eier! Ich will Eier.«

»Es nützt nichts, von etwas zu reden, das nicht geht.«

»Du könntest ja Eier von diesem Kaufmannslumpen kriegen, mit dem du herumhurst.«

So redete er. Die Vorwürfe hagelten. Er nahm einen Teller und warf ihn auf den Boden. Eine Gedichtsammlung von Jakob Smári lag auf dem Tisch. Er zerriß sie.

»Hure ich vielleicht auch mit diesem Buch herum?« fragt Großmutter.

Er kocht vor Eifersucht.

In seinem Inneren weiß er, diese Frau hat Besseres verdient. Leute erzählen ihm, wie schön sie ist; wie eine Königin, wenn sie aus der feuchten Höhle heraufkommt, mit ihrem langen Haar, so schöngemacht, wie sie nur kann.

Und ich, denkt er, was bin ich anderes als ein nutzloser Trunkenbold?

So gehen die Gedanken, und so klingen die Stimmen im tiefschwarzen Katzenjammer am Tag darauf, wenn die Straßen wogen wie zähflüssige Lava und die Welt ein sinnloses Gemurmel ist.

Aber nicht jetzt, wo die Wut ihn blind macht, der Teller zerbrochen ist und die Gedichtsammlung in Stücken. Er will Eier, und jetzt hat er sich in den Kopf gesetzt, Kaufmann Árni sei der Vater der Kinder, zumindest der von Finnur.

»Was hatte Kaufmann Árni heute hier zu suchen?«

»Er hat versucht, uns zu mahnen.«

»Mahnen!«

Und jetzt brechen die Schallmauern. Die Fäuste ballen sich um die Eierschale der Luft. Die Wut kocht. Die Kinder kauern sich zusammen und sitzen da wie verschreckte Mäuse.

Die Worte sind versiegt. Er geht zu seiner Frau und läßt die Fäuste auf ihren Körper hageln.

Die Kinder schließen die Augen.

Sie bittet ihn aufzuhören, versucht aber nicht, sich zu wehren, denn meine Großmutter weiß: Hiebe auf Erden sind Küsse im Himmel.

Er sitzt zur rechten Hand Gottes und ist bei uns und folgt uns...

Vater unser, der du bist im Himmel...

4

Ich will nicht ausschließen, daß Onkel Halli an diese Dinge dachte, als er die Wohnung in der Eiríksgata der Frauenzuflucht vermachte.

Niemand weiß, was Halli gedacht hat. Er dachte so viel, was er für sich behielt, und kam selbst nie in die Nähe einer Frau.

Auch Großvater war verzweifelt. Er wußte nicht, was er tat, und verstand sich selber nicht. Er ging zitternd hinunter zu den Trockenhäusern, mit einem Gewissen wie ein Strafregister.

Ein paar Tage lang kam von ihm nicht viel. Er hielt sich zurück und schwieg.

Ich bin wie ein Fisch auf dem Trockenen, dachte er. Ich fahre wieder zur See. Da bin ich am besten aufgehoben. Kurz darauf ging Ólafur wieder auf dem Trawler Þór in See; Guðný und die Kinder blieben im Keller zurück.

Sie hat kein Geld, und eines Tages bleibt der Primuskocher stumm. Die Kinder haben sich gesetzt und warten auf Essen, aber es gibt kein Essen.

»Ívar«, sagt seine Mutter, »lauf bitte zu Kaufmann Árni und versuch, anschreiben zu lassen.«

Ívar verschwindet in den dunklen Gang, die Treppe hinauf und hinaus in die wolkengraue Luft.

Er geht bis zum Ende des Sjómannastígur und biegt in die Sjávargata ein. Gleich darauf steht er vor Kaufmann Árni.

»Was kann ich für den jungen Herrn tun?« fragt Árni und guckt Ívar an.

»Wir haben nichts zu essen zu Hause«, sagt Ívar, der immer direkt zur Sache kommt.

Seine Augen sind groß und starren auf die Regale. Ívar ist unglaublich mager.

»So ist das«, sagt Árni. »Es sieht nicht gut aus im Buch.«

Er guckt auf eine Seite in einem Schreibheft und schüttelt den Kopf.

»Wir bezahlen, wenn Papa an Land kommt«, sagt Ívar.

Als Ívar zurückkommt, hat er ein Roggenbrot in der Hand. Das ist das ganze Essen an diesem wolkengrauen Wintertag, während Großvater draußen auf See ist.

5

Als Ólafur hinunter in die Messe kam, sah er die Gesichter seiner Besatzungsgenossen wie eine weit entfernte Versammlung im Traum, aber dann wurde alles schwarz. Er fiel rückwärts auf ein glühendheißes Ofengitter und verbrannte sich den Rücken, ohne aufzuwachen.

Die Matrosen fuhren hoch und gossen aus Eimern Wasser auf ihn.

Die Augen glühten.

Ólafur stand lange da und schüttelte sich wie eine Katze.

Auf derselben Fahrt schnitt sich ein anderer Matrose mit einem Zerteilmesser glatt durch Seehandschuh und Muskeln.

Die Männer murrten. Die Seefischergewerkschaft hatte angefangen, die Ruhezeiten zum Thema zu machen. Im Alþing flammten die Konflikte auf.

In der Zeitung war ein anonymer Artikel erschienen: »Manche Kapitäne beginnen einzusehen, daß es ihnen glatte Verluste bringt, die Männer so lange wachen zu lassen...«

Kapitän Erlangur aber sagte: »Das Wort ›Ruhe‹ kommt nicht vor im Wörterbuch der isländischen Fanggründe. Es geht um die Zukunft der Trawlerflotte Islands und deren Interessen. Wir können die Trawler auflegen, wenn die Sache durchgeht.«

»Nein, es geht nicht um Interessen«, sagte Ólafur, »sondern um Klugheit.«

Die Männer waren erregt, als sie an Land kamen. Sie rauften miteinander, riefen und schrien. Großvater kam erst zwei Tage später nach Hause, voller Kratzer und Schrammen. Er hatte bei der Reederei kein Geld mehr ausstehen.

Das Roggenbrot blieben sie schuldig, die Familie ging nun am Bettelstab.

Dritter Teil

Kapitel vierzehn

1

Sag mir, Herr, wo ist dein Trost?
Sag mir, wo ist deine Seele?

...

Sie steht im Keller und hat nichts außer Kindern. Sie hat nichts, was sie ihnen zu essen geben kann. Sie hat nichts, um sie anzuziehen. Sie hat nichts außer einem schwachen Lächeln und Gebeten.

Zusammen ist dies zwar etwas, aber trotzdem nichts. Das Lächeln birgt Sonnenstrahlen in seinem Schoß und erleuchtet die dunkle Wohnung. Die Gebete erwecken Hoffnungen auf den Himmel und Träume auf der Erde.

Ich hab Worte. Ich hab Rede.
Ich hab Geist und Seele.
Ich hab künftige Tage.
Meine Sprache sind Gebete.

Solche Weisheiten sind nicht geeignet, um sie Sozialfürsorger Símon zu servieren. Er will von einem Mann hören, der bösartig wird, wenn er zuviel getrunken hat. Bestimmend im Vokabular des Sozialfürsorgers Símon sind Worte wie Trunksucht, Elend und Armut.

Sie sind wie Schauspieler, die mit ernsten Mienen über die Bühne schlendern. Er sitzt im Zuschauerraum, aber ohne zu klatschen.

»Aber mein Ólafur ist trotzdem ein braver Mann«, sagt Großmutter.

»Legt er Hand an dich?« fragt Símon.

»Nein, wo denkst du hin?« sagt sie. »Ólafur tut keiner Fliege etwas zuleide. Er ist zu sich selbst am schlimmsten.«

»Aber gut zu dir?« sagt Símon und guckt sie an.

»Ja, ein braver Mann, nur eigenwillig, wie viele in seinem Geschlecht.«

»Welches Geschlecht ist das?«

»Das Fischgeschlecht.«

»Und du kannst dir vorstellen, weiter mit ihm unter einem Dach zu leben?«

»Ich habe ihm mein Ehegelübde gegeben, und dabei bleibe ich.«

2

Gehen deine Schultern auf und nieder, verzerrt sich dein Gesicht, fließen Tränen?

Falls es so ist, sieht es niemand.

...

Ein paar Tage später, als Sozialfürsorger Símon im Keller auftauchte wie ein Apostel vom Himmel, war er offensichtlich erschüttert.

In den vergangenen Wochen hatte es geschneit, jetzt aber war Tauwetter. Die Eiszapfen stürzten von den Dachtraufen, und die verstreuten Eisstücke waren am Schmelzen.

Bei solchem Tauwetter floß das Wasser in den Keller. Sozialfürsorger Símon stand auf einmal bis zu den Knöcheln in Schmelzwasser und Eis. Die Feuchtigkeit und die Dunkelheit überwältigten ihn.

Es war, als stiege Nachtdunkel aus der Tiefe der Seele auf und wälzte sich über Símon im Mittwinterdunkel, wie er stumpf und kraftlos dasaß, Leere in den Augen.

Sozialfürsorger Símon trug Blanklederschuhe und einen Cheviotmantel, auf dem Kopf einen schwarzen Hut. Er nahm den Hut ab, während er über den Keller blickte, und es wirkte, als wäre er hellsichtig.

Die Kinder schliefen auf einem Lager im Zimmer, aber Sozialfürsorger Símon sah keine Ratten. Er ahnte jedoch, was sich unter den Bodenbrettern versteckte und hinter den Wänden.

Er kannte die Wohnungen, die Bjössi Blech vermietete, hatte aber nicht oft in Schmelzwasser und Eis gestanden und gleichzeitig in Kinderaugen geblickt. Wenn es etwas gab, das die empfindlichen Federn im Uhrwerk von Símons Herz bewegte, waren es Kinderaugen.

Großmutter stand in der Kochecke und machte Kaffee. Es

kam für sie gar nichts anderes in Frage, als dem Sozialfürsorger vom Lebensgras anzubieten. Sie hatte bei Kaufmann Árni für Kaffee und Zucker anschreiben lassen dürfen.

Kaufmann Árni hatte angefangen, sich über Ólafur zu beklagen, der manchmal betrunken in den Laden kam und Tabak und andere Waren für sich verlangte, »weil«, wie Árni sagte, »ich Ihnen Kinder gemacht hätte, ohne seine Erlaubnis.«

»Die hätte es nicht gegeben, auch wenn er es erlaubt hätte«, sagte Großmutter, quittierte, nahm den Kaffee und ging.

Jetzt aber stand sie in der Kochecke und guckte Símon an, die traurigen Augen und das magere Gesicht. Dann sagte sie: »Es gibt viele, die es schwer haben, unter den Witwen.«

Símon zuckte zusammen. »Was, Sie sind doch nicht Witwe geworden, Guðný?« sagte er.

»Nein«, sagte Großmutter. »Ich denke an die Schiffbrüche.«

»Ja, das ist sehr tragisch«, sagte Símon.

»Drei Schiffe«, sagte Großmutter, mehr wie zu sich selbst, guckte auf das Wasser im Topf auf dem Primuskocher und wartete darauf, daß es zu kochen anfing.

»Aber ich bin hier, um an Sie zu denken«, sagte Símon.

»Es ist wirklich nicht nötig, mich zu siezen«, sagte Großmutter, »aber ich finde es eigenmächtig von dir, mir helfen zu wollen.«

»Wer macht das sonst?«

»Der Herr«, sagte Großmutter. »Ich schaffe es, wenn Gott entscheiden darf.«

»Das ist eben die Frage, wie entscheidungsfreudig er ist in dieser Zeit«, sagte Símon und fing an, die Kinder zu betrachten, die drinnen waren, weil sie keine Schuhe an den Füßen hatten und nicht hinauskonnten, wenn das Wetter kalt und naß war.

Ólafur, mein Vater, war ein Baby und lag im Bett seiner Mutter, blaß, kalt und hungrig. Er hustete in einem fort und war nur Haut und Knochen.

Großmutter hatte Lumpen und Zeitungen in die Ritzen gestopft, aber die Kälte drang dennoch ein.

Sozialfürsorger Símon machte kritzelnd Notizen und dachte nach, so tief und ernst, daß Großmutter sich nicht traute, ihn anzusprechen.

Halli und Ívar waren schon weg, ebenso wie Gummi, der später Polizeibeamter wurde, dazu Spezialist in Sachen China; er war in Pflege gegeben worden und schreibt in seinen ungedruckten Lebenserinnerungen: »Ich schlug einen etwas anderen Weg ein als meine Geschwister, aber das Resultat war in etwa das gleiche.«

Símon dachte weiter nach: Ólafur, mein Vater, Finnur und Sæunn waren ziemlich jung, aber dann waren da noch drei: Kári, Ragnar und Sigrún, recht vielversprechende Kinder.

Símon nickte, kritzelte etwas nieder und dachte weiter nach.

Kári und Ragnar guckten den Sozialfürsorger an wie eine mystische Erscheinung, eine Romanfigur eher als ein wirklicher Mensch, Sigrún aber hatte Angst vor ihm und fing an zu heulen, sobald sie ihn sah.

»Ich hatte das Gefühl, er war gekommen, um mich Mama wegzunehmen«, sagte sie später.

Dann fing Símon an, Guðný Fragen zu stellen, in Hinblick auf den Gesundheitszustand der Kinder und anderes.

»Nein, die sind kerngesund«, sagte Guðný, »außer dem kleinen Óli, der scheint schrecklich anfällig zu sein, ja, und Ívar, der war oft krank, aber für ihn ist jetzt schon gesorgt.«

So fragte Sozialfürsorger Símon, und Guðný antwortete, aber da erinnerte sie sich plötzlich an den Kaffee: das Lebensgras, das speziell für den Sozialfürsorger bestimmt war.

Im selben Augenblick aber hört man Poltern, rasche Schritte und Poltern. Jemand stampft die Treppenstufen herunter. »Idiotische Treppe! Verdammtes Loch!«

Das ist die Stimme eines Betrunkenen. Dann wird die Kellertür aufgestoßen. Und siehe da: Ólafur steht sturzbetrunken im Raum.

Er guckt Símon an wie ein Zerrbild oder eine Sinnestäuschung und kann ihn in seiner Gedankenwelt nicht plazieren, denn Símon ist kein Fisch, für den Export bestimmt.

»Sind wir uns in Grímsby begegnet?« sagt Ólafur, denn er erinnert sich dunkel an solche elegant gekleideten Männer auf den Straßen dort. »Sind Sie Fischverkäufer?« fügt er dann hinzu und hickst.

Die Bartstoppeln sprießen reichlich in Ólafurs Gesicht. Die Augen sind blutunterlaufen und rot. Er hat bei einer Schlägerei mit Raufbolden in der Innenstadt einen Zahn verloren.

»Nein, ich war noch nie in Grímsby«, sagt Símon, »und ich bin auch kein Fischverkäufer.«

»Dann sind Sie ein Schürzenjäger!«

Ólafurs Eifersucht konnte so heftig sein, daß ihm die Haare zu Kopf standen und er wurde wie ein Igel.

»Nein«, sagt Símon. »Ich heiße Símon und arbeite als Sozialfürsorger.«

Er wendet sich Großvater zu, und sie sehen einander in die Augen.

Kurz darauf ging Símon.

Kári stand an der Tür wie ein Portier und ließ den Sozialfürsorger hinaus. Ragnar stand hinter ihm, einen Kopf größer, Sigrún aber hing an den Röcken ihrer Mutter und weinte laut.

Die rötlichen, jagenden Wolken der Dämmerung ließen das Schmelzwasser schimmern. Verhüllende Stille breitete sich über die westlichen Stadtteile Reykjavíks.

3

»Símon war einfach und geradeaus«, sagt Kári. »Wenn man konfirmiert werden sollte, bekam man bei ihm die Konfirmationssachen.«

...

Sozialfürsorger Símon war ein hochgewachsener Mann und sehr, sehr dünn. Sein Gesicht war mager und gefurcht, die Augen groß und traurig, unter ihnen Ringe.

Er war, hieß es, kurzangebunden gegenüber Bedürftigen und Notleidenden, aber das war nicht die ganze Wahrheit. Er erinnerte meine Großmutter an einen literarisch interessierten Landbewohner.

»Es war so, als befände man sich in einer Kohlenmine, stelle ich mir vor«, schrieb Símon am Abend in sein Tagebuch, als er den Keller am Sjómannastígur beschrieb; Símon hatte Tagebuch geführt, seit er ein kleiner Junge vom Lande in Borgarfjörður gewesen war, und Großmutter hatte völlig recht: Er war ein literarisch interessierter Mann.

Símon war Sattelmacher, arbeitete aber nicht mehr als solcher, sondern war als Sozialfürsorger für die Stadt tätig und handelte mit Textilien. Er betrieb ein Konfektionsgeschäft am Laugavegur, neben Óli in Ösp.

Manche sagten, Símon benutze seine Stellung als Sozialfürsorger, um armen Leuten Kleidung zu verkaufen, für die die Stadt bezahlte, aber das war zweifellos übertrieben.

Die Sozialfürsorger waren ein vielbesprochenes Thema bei den Leuten, denn viele meinten, die städtischen Behörden täten nichts, um die Armut auszumerzen, außer die Zahl der Sozialfürsorger zu erhöhen, und als man anfing, ihnen Lohn zu bezahlen, hielten die Leute das für ebenso absurd, als wollte man zum Mond fahren; das war damals die Zeit, wo Flugreisen anfingen.

Aber Símon kam wieder.

Manchmal kam er mehrmals am Tag. Er war wie ein Freund der Familie. Er brachte Papier und Lesestoff mit.

Es mußte nur da und da unterschrieben und dem und dem zugestimmt werden, und nun fügte es sich so, daß Großvater sauber und adrett war, und nüchtern.

Nein, Símon wußte nicht Bescheid über alle Höfe, aber es waren sicherlich ausgezeichnete Höfe und alle in derselben Landgemeinde: Kambahreppur.

»Nur daß es mir gelungen ist, auf deinen Wunsch hin, Guðný«, sagte Símon, »Ragnar in deiner Heimatgemeinde, Reykárhreppur, unterzubringen, bei Pastor Sigtryggur auf Einarsvellir; er hat viele Jungen zu sich genommen, und die waren längere oder kürzere Zeit bei ihm, und außerdem...«

Großmutter hatte besonderes Gewicht darauf gelegt, daß Ragnar an eine gute Pflegestelle kam, nicht weil sie ihn lieber gehabt hätte als die anderen, sondern es war irgendeine Angst in ihr, eine Furcht.

Aber eines Tages kam Símon nicht allein. Bei ihm waren ein Mann und eine Frau.

Der Mann blieb nicht lange. Es war Hafsteinn, Verwalter auf Oddstaðir in Kambahreppur. Er hatte zufällig in der Stadt zu tun.

Hafsteinn nahm Kári mit.

Man sah Kári an seiner Hand die Straße hinaufgehen, dann waren sie verschwunden.

Die Frau, die mit Símon gekommen war, war niemand anders als Nína, die das Epidemiehospital in der Þingholtsstræti betrieb und in späterer Zeit in der Unabhängigkeitspartei schalten und walten konnte, wie sie wollte.

Wenn Wahlen bevorstanden, widmete sie sich der Bekehrung von Sozialdemokraten und Fortschrittsparteilern zum rechten Glauben. Wenn Verkehrsregeln sie hinderten oder Straßen abgesperrt waren, rief sie die Polizei, ließ sie die Regeln ändern und die Straßen öffnen, mit so bestimmter, grimmiger Miene, daß sie ihr gehorchten wie kleine Jungen.

Aber das war später. Jetzt war Nína im Keller erschienen. Als sie Großvater begrüßte, wußte sie nicht, daß er einige Jahre später in ihrem Epidemiehospital im Sterben liegen würde.

Dennoch war Nína hellsichtig und setzte sich nie auf denselben Stuhl wie ein Verstorbener.

Nína hatte alle möglichen Instrumente und Geräte bei sich. Sie nahm Ólafur, meinen Vater, legte ihn auf den Tisch und untersuchte ihn. Sie sprach ihn selbst, das Baby, an, sagte ihm, er habe sowohl Keuchhusten als auch Diphterie. Vielleicht werde er überleben, vielleicht nicht.

Zwischendurch wandte sie sich an die versammelten Erwachsenen und verfluchte die Fortschrittsparteiler.

»Die schreiende Not hier in der Stadt ist den Fortschrittsparteilern zuzuschreiben«, sagte Nína, »und niemandem sonst. Sie halten die Stadt für einen Bauernhof, sogar für einen schlechten Bauernhof.«

»Schon gut, Nína«, sagte Sozialfürsorger Símon in bestimmtem Tonfall und mit ernster Miene. »Ich will in diese Sache nicht die Politik hereinziehen. Wir haben es hier mit ganz anderen Problemen zu tun.«

Aber Nína ließ sich nichts sagen. Sie redete weiter, ohne Sozialfürsorger Símons Worten Beachtung zu schenken: »Und außerdem die verdammten Dänen, die haben die Feigheit in uns gefördert, viele hundert Jahre lang.«

Großmutter beschäftigte sich nicht mit den Dänen. Sie konnte sich nicht erinnern, irgendeinen Dänen zu kennen. Sie dachte an die Bauernhöfe und richtete ihre Worte an Nína: »Ja, ich wünschte, die Stadt wäre ein Bauernhof und alles wie in alten Zeiten auf dem Lande.«

Sozialfürsorger Símons Gesicht hellte sich auf, als er diese Worte hörte. In die traurigen Augen kam Glanz. Die ernste Miene wurde leichter. Símon war selbst Anhänger der Fortschrittspartei und war wie Großmutter und viele Zugezogene vom Land mit seinem halben Herzen dort.

Großvater saß auf einem Stuhl und lächelte. Er hatte Spaß

an Wortwechseln wie diesem und sah jetzt die Gelegenheit, seine Meinung zu sagen, obwohl er keiner Partei oder Vereinigung angehörte, außer der Seefischergewerkschaft.

Aber jetzt ergriff Ólafur das Wort: »Keiner hat gekämpft für uns Seefischer«, sagte er, »nur die Sozialdemokraten in der Alþingspartei. Jón Baldvinsson war lange der einzige, der sich für unsere Sache eingesetzt hat im Alþing, und alle glaubten, er wäre verrückt geworden, die Fortschrittsparteiler wie die Konservativen.«

»Erwähn nicht die verdammten Sozis in meiner Gegenwart«, sagte Nína. »Das sind Revolutionäre, die schwer arbeitenden Leuten ihr Eigentum abnehmen und ins Meer werfen wollen.«

So ließ Nína ihrem Mundwerk freien Lauf. Die Frauen, sie und Großmutter, sprachen miteinander. Nína unterhielt sich gern mit Großmutter, und später sollten sie sich noch viel miteinander unterhalten, aber als Nína jetzt ging, hatte sie meinen Vater bei sich, und er blieb in ihrem Epidemiehospital mehr als ein Jahr.

4

Sozialfürsorger Símon ging mit Sigrún und Ragnar in einen großen Saal.

Dort waren viele Leute, und alle bekamen zu essen.

In dem Saal waren viele Türen, und die Leute standen mit Tellern in einer langen Reihe. Hinter einem Tisch standen Frauen mit Kellen. Auf jeden Teller kam eine Kelle voll.

Ragnar fand den Saal riesengroß. Die Türen waren geheimnisvoll wie auf Gemälden; sie erinnerten an Labyrinthe.

Später träumte Ragnar manchmal, er befinde sich in diesem Saal, und dann wachte er ausgehungert auf und sah Reihen von Menschen mit Tellern vor sich.

Sigrún und Ragnar wurden gezeichnet wie andere Kinder, die öffentliche Speisung erhielten.

Um ihren Hals hängte man ein spezielles Schild, das sie weder abnehmen noch verlieren durften, sonst bekamen sie kein Essen.

Ragnar fand es komisch, daß Kári weg war. Er war einsam. Sie hatten sich gezankt und geprügelt, wie es so geht, waren aber unzertrennlich, wie eine Person.

Ragnar dachte daran, als er aus dem Gebäude trat; und erinnerte sich an all das später, als er am Ende des Bürgerkriegs ein Feldlazarett in Spanien verließ. Da floß alles zusammen: der Saal, die Türen, die Gemälde, denn die sah er in Spanien.

Ragnar geht die Treppe hinunter, eine Straße entlang und hinaus in die Stadt. Er steht an einer Straßenecke und späht um sich. Er ist verwirrt, denn er sieht nirgends seine Freunde vom Sjómannastígur, keine Treppe und keinen Keller, keinen Kári.

Er schließt die Hand um das Schild, das um seinen Hals hängt. Er will gerade eine Straße überqueren, die er nie zuvor gesehen hat und deren Namen er nicht weiß; da wendet sich plötzlich ein Mann an ihn, ein gutaussehender Mann mit Aktenmappe, aber mit Buckel.

»Warum weinst du?« fragt der Mann.

»Ich heul doch gar nicht«, sagt Ragnar, aber der Mann guckt ihm in die Augen und sieht die Hand, die das Schild umklammert.

Der Mann nickt.

»Ich war auch gezeichnet«, sagt er dann, zeigt auf den Buckel und verschwindet.

Kapitel fünfzehn

1

Aber die Sonne scheint, und der Sund ist blau, die Welt schön und die Berge hoch.

Sieh die Strahlen, wie sie blinken und einen roten Schein auf den Meeresspiegel werfen.

Sieh die Inseln, sieh die Berge, wie alles in Luftspiegelungen tanzt.

Und der Abend senkt sich langsam, mit Sternen geschmückt, und breitet sich aus wie prächtige Teppiche, gewebt von schönen Frauen südlich der Sonne und östlich des Mondes.

Sie öffnet die Tür und geht, elegant gekleidet, die Treppe hinauf.

Oben am Himmel starren kleine bläuliche Augen besonders tiefsinnig, als folgten ihr die Seelen aller Kinder.

Die lautlose Stille, das Geheimnis, das in den Straßen wohnt, ruht über der Stadt, aber deine Schritte führen zur Burg der Gottheit, wo Gitarrenspiel Tränen trocknet und Soldaten mit Helmen von Gott einen Weg weisen, der höher liegt als Wasser und Wind, weg von Dunkelheit und Feuchtigkeit, weg von der Leere des Herzens, zum Erlöser, zu seinem Herz, der für uns gestorben ist, damit die Welt fortbestehen kann, schuldbeladen, aber schön.

Betrachte den Abend. Die Wolken haben ihre Gardinen weggezogen. Der Stern dort oben ist wie eine Wohnung im Himmel.

Da ist Licht im Fenster.

Da sind Wesen, die sich bewegen, und die Straßen gehen umher, die Welt wie ein Wiegenlied im Arm.

Und all diese Fußspuren.

Und all diese Liebe.

Oder die Leere, wenn du zurückkehrst, mit dem Gesang in der Ferne, Augen und Wohnung verschwunden, nichts mehr da außer einem öden Kissen und dem Nagen der Ratten unter den Bodenbrettern.

Sæunn und Sigrún waren auch weg.

Guðný warf sich aufs Bett und schlief ein.

Es regnete im Traum.

Am nächsten Morgen wachte sie in aller Herrgottsfrühe auf, zog Strickjacke und Rock an und ging dann mit Kaffee in einer Flasche und einem Stück Brot los.

Ihr Weg führte sie nach Westen zum Bráðræðisholt. Sie stand gebückt über einer Waschwanne und wusch Fisch, die Nässe bis hinauf zu den Ellenbogen.

So verging dieser Tag, und so vergingen die nächsten Tage, aber manchmal war Großmutter bei der Verbrennung, wie die Arbeit genannt wurde, legte Fisch ein und stapelte ihn.

Sie bekam Lohn, und nach und nach sanken die Schulden bei Kaufmann Árni.

Die Mädchen banden sich ein Tuch um den Kopf, manche, weil sie nicht von der Sonne verbrannt werden wollten, Guðný aber wollte kein Salz ins Haar bekommen, ihr langes schwarzes Haar.

Schau die Vögel an.

Und die Sonne scheint, und der Sund ist blau, die Welt schön und die Berge hoch.

2

All diese Gedanken, die sie verfolgten.

Wieder und wieder träumte meine Großmutter von den Armenhäuslern, die einst aus dem Frostnebel getreten waren, und lange danach sagte sie zu Sigrún, einmal, als diese in der Stadt war: »Jetzt tut mir all das so leid.«

»Nein, nein«, sagte Sigrún. »Das muß es nicht.«

»Doch«, sagt ihre Mutter. »Du hattest mich so lieb und wolltest nicht weg von mir. Ich weiß, wie schlecht es ist, nicht die Wahrheit zu sagen, aber ich konnte dir nicht in die Augen sehen und sagen, wie es war.«

...

Sigrún glaubte, sie solle auf eine Autofahrt, und das machte ihr schon Spaß, aber dann fuhr das Auto weiter und weiter, und sie fing an zu weinen.

Ragnar war mit ihr im Auto.

»Warum weinst du?« sagte Ragnar.

»Ich will bei Mama sein«, sagte Sigrún.

Ragnar zuckte die Achseln.

»Das geht nicht«, sagte er.

»Ich will nicht weg«, sagte Sigrún. »Ich will nicht weg«, und dann weinte sie.

Sie weinte den ganzen Weg über die Hellisheiði. Ragnar legte den Arm um sie und versuchte, sie zu trösten.

Ragnar war ziemlich verwirrt durch all das. Zwar war er der Größte, aber er war nicht der Älteste. Er betrachtete sich immer als der kleine Bruder von Kári, war jetzt aber plötzlich der große Bruder von Sigrún.

Trotzdem war nur ein Jahr zwischen ihnen.

»Mama! Mama!«

Sigrún rief nach ihrer Mutter, aber ihre Mutter war weit weg und hörte sie nicht. Der Weg führte in die Landgemeinde Kambahreppur, zum Hof Seylukot, und Sigrún blieb auf dem Hofplatz zurück, allein mit einem Mann, den sie nicht kannte, der ihr aber die Tränen trocknete und versuchte, sie zu trösten.

3

Ragnar aber war die Ruhe selbst.

So als wäre er ausgestopft oder betäubt.

Er sah Sigrún vor sich, weinend auf dem Hofplatz. Aber so ist das Leben: Da ist immer einer, der weint.

Auto! War es nicht toll, in einem Auto zu sitzen?

Ragnar weinte nicht. Er weinte tatsächlich mehr, nachdem er erwachsen geworden war, über anderer Leute Armut und die eigene Einsamkeit, jetzt aber saß er still, stocksteif.

Kein Spektakel, kein Lärm.

Keine hundert durchgehenden Stiere.

Nur ein großer todernster Junge auf dem Weg in die Landgemeinde Reykáhreppur, zu Pastor Sigtryggur auf Einarsvellir.

Großmutter hatte versucht, Ragnar die Fahrt in goldenen Farben auszumalen, ihm Geschichten vom Lande erzählt und gesagt, er werde es beim Pastor gut haben; dort werde er lesen und schreiben und rechnen lernen, und wenn er zurückkomme, werde er ein gelehrter Mann sein und könne Rechtsanwalt oder sogar Pastor werden.

Es ist bekannt, daß Ragnar hochgewachsen war, aber er war nicht nur groß, er war auch stark, und er war früh entwickelt.

Ragnar ist gerade zehn, als er im Auto sitzt und sich vorkommt wie ein Prinz in einer Karosse, aber er sieht aus, als wäre er vier Jahre älter.

Pastor Sigtryggur auf Einarsvellir sieht keinen vielversprechenden Schüler auf den Hofplatz treten, sondern einen Riesen, gut geeignet für Stallarbeit und Viehhaltung.

4

Der Pastor mußte Ragnar nicht trösten, Sigrún aber war untröstlich.

Sie weinte einen ganzen See von Tränen, und wieder und wieder versuchte sie auszureißen, schlich sich bei Nacht hinaus und lief und lief. Dabei wußte sie nicht, wohin sie lief.

Der Bauer und seine Frau kamen hinaus auf die Hauswiese, sie strichen ihr über die Wange und sprachen sanft zu ihr.

»Ach, liebes kleines Mädchen, daß du so traurig sein mußt.«

Aber Sigrún sah nichts anderes als ihre Mama. Sie rief nach ihr und weinte, aber eines Nachts schlief Sigrún und erwachte beim Gesang der Vögel und beim Rauschen des Grases.

Und so vergingen die Tage.

Sie ging umher auf gestrüppbewachsenen Hängen, und das Leben lächelte wie die Vögel, über die Freude des Landes, die Erika und die Heide.

Luftspiegelungen schwebten in der Ferne.

Städte, gewebt aus Träumen, tanzten zwischen den Wolken.

Pétur Jónasson, der Bauer auf Seylukot, verstand Sigrúns Gefühle. Falls jemand sie verstand, dann war das er. Er war selbst Pflegekind gewesen.

Ein vermögender Kaufmann in Reykjavík zeugte Pétur außerhalb der Ehe. Pétur wurde von alten Leuten auf Seylukot in Pflege genommen.

Es schien mehrere Jahrhunderte her zu sein, daß das passiert war. Die alten Leute, die jetzt tot waren, hatten keine Kinder außer diesem einen Pflegekind.

In die Jahre gekommen, suchte Péturs Vater ihn auf und bot ihm an, zu ihm zu kommen und in der Stadt zu studieren, anstatt auf den Trampelpfaden dort am Hof herumzutrotten.

Aber das wollte Pétur nicht annehmen. Hier war sein Zuhause, bei den alten Leuten, die ihn mit der gleichen inneren Ruhe und Wärme aufgezogen hatten, die sie jetzt an Sigrún weitergaben.

Pétur übernahm den Hof nach dem Tod seiner Pflegeeltern. Seine Frau Jóhanna war aus Kambahreppur, und auch sie hatten keine Kinder außer Sigrún, das Pflegekind, das plötzlich anfing, gut zu schlafen.

Pétur und Jóhanna waren arm, aber glücklich. »Ich kenne viele vermögende Leute«, sagt Sigrún heute, lange danach, »die erheblich ärmer sind, als sie es waren.«

Auf Seylukot galten einige merkwürdige Lebensregeln, unlogisch, aber wahr. »Man braucht immer weniger, als einem fehlt«, sagte Pétur, und obwohl Sigrún nicht verstand, was er meinte, wußte sie gut, worauf er hinauswollte.

Auf Seylukot lernte Sigrún die Arbeit auf dem Hof und im Haushalt. Sie war so geschickt bei der Herstellung von Blut- und Leberwurst, daß sie zum Mithelfen auf andere Höfe geschickt wurde.

Als Sigrún in die Stadt zog, war ihr Vater tot, aber sie wohnte nicht bei ihrer Mutter, sondern verdingte sich als Hausmädchen und arbeitete auch im Hotel Skjaldbreið. Im Herbst stellte die Frau des Hauses eine Frau aus der Stadt ein, damit die sich um die Wurstherstellung kümmerte.

Sigrún half der Frau, die nach beendeter Arbeit zur Frau des Hauses sagte: »Mich hättest du dazu nicht gebraucht«, und auf Sigrún zeigte.

»Ich war eine Art Professor der Wurstherstellung«, sagt Sigrún und grinst.

5

Pastor Sigtryggur empfing Ragnar mit der hochmütigen Miene, die nie von seinem Gesicht verschwand und deshalb nichts Besonderes bedeutete.

Pastor Sigtryggur war pausbäckig, mit Mundwinkeln wie gebogene Metallstäbe und aufgeblasenen Wangen.

Er nahm Ragnar in Augenschein. »Sendung aus Reykjavík, ja, ja«, sagte er und schluckte die Worte wie schlechtes Essen.

»Meine Mutter ist von hier«, sagte Ragnar.

»Und wäre besser nie weggegangen«, sagte Pastor Sigtryggur.

Er guckte erst in die Luft, dann Ragnar direkt an und sagte: »Und dann wärst du auch nie gekommen.«

Zu Ragnar herablassend reden war wie Wasser auf eine Gans gießen. Ragnar guckte Pastor Sigtryggur an und sagte: »Was weißt du davon?«

Pastor Sigtryggur antwortete nicht, sondern rief den Verwalter: »Friðrik!« sagte er. »Zeig dem Jungen, wo er schläft, und gib ihm etwas zu arbeiten.«

Ragnar mußte sofort an die Arbeit, aber Lesen, Schreiben und andere schulische Übungen kamen zu kurz. Verwalter Friðrik ließ ihn in seinem Bett schlafen. Friðrik riß die Bettdecke an sich. Wenn Ragnar die Decke an sich riß, trat ihn Friðrik, wunderte sich aber, wenn Ragnar zurücktrat.

Ragnar war eingeteilt zu Stallarbeit und Viehhaltung, aber wenn abends gelernt werden sollte, war er von der schweren Arbeit des Tages so müde und erschöpft, daß er über den Büchern einschlief.

Da sagte Pastor Sigtryggur: »Du bist eine Niete.«

Bei diesen Worten wurde Ragnar zornig und regte sich auf, denn er war nicht nur hochgewachsen, früh entwickelt und stark, er war auch aufbrausend.

Da sagte Pastor Sigtryggur: »Du bist nicht nur eine Niete, du bist eine aufsässige Niete.«

Wenn andere kamen und fragten, wie es mit der Lesekunst von Guðnýs hellem Kopf von einem Sohn stehe, lachte der Pastor und sagte, er sehe nicht viel Helles in diesem Kopf.

»Er schläft jedesmal ein, wenn ich versuche, ihm Buchstaben einzutrichtern«, sagte der Pastor, »aber das ist keine Ausnahme bei diesen Reykjavík-Jungen.«

Auf Einarsvellir waren Knechte und Mägde und ein paar andere Pflegekinder, nur Jungen.

Verwalter Friðrik sorgte dafür, daß sie alle ständig etwas zu tun hatten, aber bei den Mahlzeiten, wenn die Verwaltersfrau ihm große Portionen vorsetzte, waren die Portionen für Ragnar und die anderen Pflegejungen oft knapp bemessen.

Da sagten die älteren und erfahreneren: »Diese verfluchten Kanaillen, bekommen reichlich Geld für uns aus der Stadt und bringen es nicht mal fertig, uns zu essen zu geben.«

Untereinander sprachen die Jungen davon, die Kirche anzuzünden, sogar Pastor Sigtryggur und Verwalter Friðrik totzuschlagen, aber das waren nur Wahnideen unterernährter Jungen, die mit harter Hand gelenkt, die nie anders als Nieten und Nullen genannt, die ständig daran erinnert wurden, woher sie kamen und wer sie waren.

Viele der Pflegejungen gerieten später auf Abwege, wurden Kriminelle oder Alkoholiker, aber Pastor Sigtryggur war der Ansicht, daß sie so veranlagt waren: verhärtete Satansbraten aus dem Schlammpfuhl Reykjavík, Abkommen von Trunkenbolden und Habenichtsen, dazu verurteilt, den gleichen Weg zu gehen, denn der Herr hat nicht Wohlgefallen an allen, auch wenn er sie zu sich nimmt, wenn sie dereinst kommen.

Die Zeit verging, aber sie verging langsam.

Ragnar war seit vier Jahren auf Einarsvellir in der Landgemeinde Reykárhreppur. Er hörte auf zu gehorchen, war aufsässig und schwierig im Umgang, mit ständigen Krächen. Ragnar tat alles, um Verwalter Friðrik zur Weißglut zu reizen.

Eines Abends befahl ihm Friðrik, die Kühe zu holen: »Hol die Kühe, Niete!« sagte er, aber Ragnar saß still und rührte sich nicht vom Fleck.

Als Friðrik seinen Befehl wiederholte, wandte sich Ragnar ihm zu und sagte: »Was gehen mich deine Rindviecher an?«

Jetzt stand Friðrik auf und wollte Ragnar verprügeln, aber Ragnar duckte sich und rannte hinaus. Friðrik folgte ihm, und als er ihn erreichte, schlugen sie sich.

Friðrik kämpfte Ragnar zu Boden, aber es überraschte ihn doch, wie stark Ragnar war. Es endete damit, daß es Ragnar gelang, den Verwalter abzuwerfen und wegzulaufen.

Ragnar lief in Richtung Scheune und kletterte auf das Dach. Friðrik holte einen Stock und kletterte ebenfalls hinauf.

Sie standen einander gegenüber. Friðrik hielt den Stock vor sich und stieß damit nach Ragnar. Ragnar versuchte, den Stock zu packen, wich dabei etwas zurück und fiel vom Dach und wurde ohnmächtig.

Ragnar wurde ins Haus getragen. Er hatte starke Schmerzen im Rücken. Er war drei Tage bettlägrig, aber dann wurde ihm befohlen, an seine Arbeit zu gehen. Der Rücken tat ihm noch immer weh, aber Verwalter Friðrik drehte ihm die Ohren um, wenn er jammerte.

Ragnar hatte die Versuche zu lernen seit langem aufgegeben, und Pastor Sigtryggur hatte daran nichts zu beanstanden.

Ragnar dachte nur an eines: hier wegzukommen, und eines Morgens war er verschwunden.

Man suchte nach ihm überall in Reykárhreppur, aber er war nirgends zu finden. Diese Meldung erreichte den Hof, und so suchte man auch in der nächsten Landgemeinde nach ihm.

Ragnar war wie ein Zugvogel.

Er zog hinaus in die herbstkalte Öde und verschwand.

6

Es ist seltsam.

Sigrún, die im Auto laut geweint hatte und voller Enttäuschung abgefahren war, fand für sich eine Zuflucht auf dem Land, aber Ragnar, der das Neue mit Erwartungen hatte kommen sehen, stieg in eine Hölle hinab und kam erst wieder herauf, als er ausriß.

...

Kári wiederum nahm alles so, wie es auf ihn zukam. Er war Pflegekind auf Oddsstaðir in Kambahreppur. Das war ein wohlsituierter Hof.

Die Frau des Hauses hieß Signý, und Verwalter Hafsteinn kümmerte sich um den Betrieb. Signý war Witwe, aber Gunnar, ihr Mann, und Hafsteinn waren sehr enge Freunde gewesen.

Kári ging in die Schule bei einem auf dem Land herumreisenden Lehrer. Es erwies sich rasch, daß er arbeiten konnte wie ein erwachsener Mann. Er wetteiferte mit denen, die älter waren als er, besonders mit dem Knecht Pétur. Pétur war acht Jahre älter als Kári und so geschickt bei der Heumahd, daß es immer aussah, als führe die Sense durch Wasser.

Pétur war dichterisch begabt. »Ich denke, er hätte ein großer Dichter werden können«, sagt Kári. Pétur konnte eine ungeheure Menge von Gedichten auswendig und schätzte besonders die Gedichte von Egill Skallagrímsson.

»Wie kriegst du das hin?« fragte Kári.

»Es sind Farben im Gedicht, die mir die Worte sagen«, sagte Pétur.

Aber Pétur war ein Draufgänger, leichtsinnig. Er achtete nicht auf die Kälte, knöpfte sich bei kaltem Wetter nicht das Hemd zu, bekam Lungenentzündung und starb.

»Ich war gar nichts. Ich war nur ein Pflegekind«, sagt Kári, »aber ich hab gespürt, daß mich Signý im tiefsten Inneren gern mochte.«

Mit der Zeit ging es so, daß Signý den ganzen Hof dem Verwalter Hafsteinn in die Hände legte und sich ein kleines Haus am Rand des Besitzes baute.

Da stellte Hafsteinn eine Haushälterin ein, die Ólöf hieß. Sie zögerte nicht damit, sich Hafsteinn einzufangen, und ließ Signý von dem Besitz vertreiben.

»Hafsteinn war ein feiner Kerl«, sagt Kári, »aber dieses Weib hat ihm völlig den Schneid abgekauft.«

Signý zog zu ihrem Bruder, der im selben Distrikt lebte. Sie blieb meist für sich und sagte nie mehr, als sie mußte.

Kapitel sechzehn

1

Das Gras verdorrt, die Blume verwelkt, das Wort unseres Gottes bleibt ewiglich.

Suche den Herrn, während er zu finden ist, rufe ihn an, während er nahe ist.

...

Einar war der Jüngste. Er wurde geboren wie ein Einzelkind, denn seine Geschwister waren alle weg aus der Stadt, außer Papa, der im Epidemiehospital bei Nína lag.

Großmutter arbeitete in der Fischverarbeitung am Bráðræðisholt. Sie nahm Einar mit zur Arbeit. Er lag im Kinderwagen an einer Hauswand. Wenn er weinte und seine Mutter ihn hörte, ging sie zu ihm, strich sich die salzige Flüssigkeit von den Händen und nahm ihn aus dem Wagen. Sie knöpfte ihre Jacke auf und gab ihm zu trinken.

Dies taten mehrere Frauen. Guðný wiegte Einar, streichelte ihn, sang eine kleine Melodie, bevor sie ihn in den Wagen legte und wieder an die Arbeit ging.

»Du singst sehr schön«, sagt eines Tages ein junges Mädchen zu Guðný. Die Leute sangen besser in dieser Zeit, denn das Radio hatte noch nicht angefangen, das Gehör zu verderben.

»Nein, ich summe nur meine Wiegenlieder«, sagt Guðný, ist aber hocherfreut über die Worte des Mädchens.

Es ist ein schönes und liebes Mädchen. Sie heißt Björg. Sie

geht mit klarem Blick auf dem Trockenplatz umher und kommt oft mit anderen Frauen ins Gespräch.

»Kommst du mit mir auf eine Versammlung«, sagt sie zu Guðný. »Dann können wir zusammen singen.«

Bis dahin war meine Großmutter hauptsächlich zu Versammlungen der Heilsarmee gegangen, aber dieses Mädchen gehörte zur Pfingstgemeinde und behauptete, Pfingstgemeindemitglieder hätten durch Gebete ihr krankes Kind geheilt.

Das mußte eine gute Gemeinde sein, Leute, die an Jesus und den Weg glaubten, und Großmutter fand nicht, daß eine Gemeinde die andere ausschloß, solange nur Jesus anwesend war.

Und sie ging mit dem Mädchen, und sie sang mit im Chor, der in einem Schuppen übte, in dem ein wohlhabendes Gemeindemitglied Kartoffeln lagerte.

Nach und nach verschwanden die Kartoffeln. Es gab mehr Platz für den Chor und die Höllenflammen, die aus dem gestampften Erdboden aufstiegen, und Großmutter mußte zusehen, daß sie mit dem Kopf unter Wasser tauchte und die Taufe empfing.

2

All dies geschah, während Ragnar bei Pastor Sigtryggur auf Einarsvellir war, aber dann war Ragnar ausgerissen, und man wußte nichts von ihm.

Man fand ihn nirgends in der Landgemeinde Reykárhreppur. Er wurde bei Ölfusá gesehen, und er tauchte in Stokkseyri auf, wurde aber nirgends festgehalten, wie entlaufene Jungen im allgemeinen.

Dann machte er sich auf den Weg über die Hellisheiði.

Großmutter grübelte oft über den Traum nach, den sie gehabt hatte, während sie Ragnar erwartete: Vielleicht hatten ihn die dunklen Kohleminen verschlungen, oder war er in das Diamantenreich geraten, wo putzsüchtige Engel herumfliegen?

Eines Tages ist Guðný auf dem Heimweg von der Arbeit. Sie schiebt den Kinderwagen vor sich her. Sie schnieft. Sie ist den Tränen nahe.

Sie geht die Treppe hinunter und öffnet die Kellertür. Was liegt da auf dem Boden? Ist Ólafur nicht bis ins Bett gekommen? Ist er wieder einmal auf dem Gang eingeschlafen?

Aber das ist nicht Großvater, sondern Ragnar, sein Sohn.

Was für ein langer Kerl! Groß war er schon vorher, aber wie ist er doch gewachsen, der liebe Junge.

Ragnar hatte das Warten aufgegeben und war fest eingeschlafen, erschöpft nach tagelangem Herumstreifen im Suðurland.

»Nein, mein geliebter Junge«, sagt seine Mutter. »Ich bin so froh, dich zu sehen, und wie groß du geworden bist.«

Ragnar wacht auf und guckt seine Mutter an. Der Keller ist stiller als früher. Er ist heimgekommen.

Dann fragt seine Mutter: »Warum wolltest du nicht bei Pastor Sigtryggur auf Einarsvellir sein?«

»Weil er ein brutaler Idiot ist«, sagt Ragnar.

»Ragnar!« sagt seine Mutter. »So spricht man nicht über einen Mann Gottes.«

»Das hab ich zu allen gesagt, die ich getroffen habe, und werde ich zu allen sagen, die ich treffen werde«, sagt Ragnar.

»Hat Pastor Sigtryggur dich nichts Nützliches gelehrt?«

»Nein, in der Birne von dem ist nichts Nützliches.«

»Wo lernst du denn solche Worte?«

»Auf Einarsvellir hab ich nichts weiter gelernt als Worte. Trotzdem kann ich sie nicht buchstabieren«, sagt Ragnar, und jetzt ist seine Miene entschieden.

3

Kári und Ragnar besaßen nie einen Fußball, noch weniger Halli und Ívar.

Ihr Vater Ólafur hatte für sie irgendwann einen Lumpenball zusammengeknüllt und viele Male mit Segelgarn umwickelt, einen Ball wie den, mit dem er selbst mit den anderen Kindern aus den Torfhöfen gespielt hatte.

Ragnar war in die Stadt gekommen. Er und Grímur waren unzertrennlich. Grímur mußte Ragnar manchmal etwas zu essen geben. Oft waren sie bei Grímur zu Hause, und seine Eltern, Kapitän Gunnlaugur und dessen Frau Anna, nahmen Ragnar gut auf, ebenso wie die anderen Brüder.

Grímur besaß einen richtigen Fußball, keinen Lumpenball, und allerlei anderes Spielzeug. Grímur nahm Ragnar mit zum Training beim Sportklub KR.

Großmutter war weiterhin in der Fischverarbeitung, aber Großvater hatte nur Gelegenheitsjobs. Ragnar saß manchmal da und plauderte mit seinem Vater. Er ging sogar für ihn in die Apotheke und kaufte Brennspiritus.

Ólafur erzählte seinem Sohn von Seefahrt und Fischfang und wie früher alles gewesen war. Er sprach auch von Grímsby, dieser bemerkenswerten Stadt. Dann klopfte Grímur an die Tür, und schon waren sie hinausgestürmt, den Ball zwischen sich. Wenn sie nicht zum Training beim KR waren, spielten sie mit anderen Jungen auf der Landakotswiese Fußball.

Ragnar war zum Tormann gewählt worden, weil er so groß war. Er hielt auch Bälle, die auf dem Weg über das Tor waren. Grímur war nicht groß, aber stämmig und stark. Grímur galt als ein harter Brocken.

Was Grímur mit den Füßen nicht konnte, machte er mit den Händen. Er stieß Jungen mit dem Kopf, und wenn er von ihnen den Ball nicht bekam, rannte er sie um.

Es konnte nur eines dabei herauskommen: Keiner wollte

mit Grímur Fußball spielen, aus Furcht, in eine Schlägerei zu geraten. Einmal geriet er während eines Trainings beim KR in Wut, stieß den Trainer in einen Graben und durfte an mehreren Trainings nacheinander nicht teilnehmen.

Die Leute verglichen Grímur mit Egill Skallagrímsson.

Einmal war es so, daß alle Jungen von der Wiese geflüchtet waren, und Ragnar stand mit seinem Freund Grímur allein da.

Da sagte Ragnar: »Warum gehst du nicht einfach zum Boxen, Grímur?«

Wahrscheinlich ist dies der schicksalsschwerste Satz, der je zu Grímur gesagt worden ist. Er hört es in seinem Kopf klick machen.

In diesem Augenblick wurde Grímur der Boxer geboren. Er trägt noch immer diesen Namen, heute, lange danach. Grímur der Boxer hat ein Buch über das Boxen herausgegeben und war ein hervorragender Repräsentant dieses Sports.

Grímur und Ragnar hatten Bilder von Boxern gesehen, aber im Boxen nie etwas anderes gesehen als natürliche Selbstverteidigung. Sie lebten in einer Welt des Faustrechts, und damit basta.

Als Gunnlaugur, Grímurs Vater, das nächste Mal mit Eisfisch nach England fuhr, kaufte er seinem Jungen Boxhandschuhe und Illustrierte mit Boxern, außerdem Bücher über diesen wichtigen Sport, der eine lange Geschichte hat, die Grímur meinen Onkeln gegenüber so oft aufrollen sollte.

4

Ragnar hatte Pech mit seinem Aufenthalt auf Einarsvellir und sah das Leben auf dem Land immer in diesem Licht. Später verließ er die Stadt am liebsten gar nicht mehr, ausgenommen am Karfreitag.

Ragnar wurde noch an verschiedenen anderen Pflegestellen untergebracht, aber es ging jedesmal auf die gleiche Weise: Entweder wurde er weggeschickt, oder er riß aus.

Aber Ragnar kam nicht durch mit seinem Protest. Er konnte nicht einfach ausreißen und durch die Straßen spazieren, zusammen mit Grímur dem Boxer, der sich um nichts anderes kümmern mußte als um die Kraft in seinem eigenen Körper.

Ich erwähne dies deshalb, weil zu dem Zeitpunkt, als Gunnlaugur, Grímurs Vater, seinem Sohn Boxhandschuhe mitbrachte, Ragnar in den Norden des Landes geschickt worden war.

Dort war er auf einem großen, sagenumwobenen Besitz; und obwohl dieser Aufenthalt auf dem Land der beste war, endete auch er mit Schrecken.

Auf dem Hof waren ein Verwalter und eine ganze Schar von Männern, der Großbauer selbst aber war dem Trunk ergeben und hatte wenig Interesse an anderem als Pferden.

Er hieß Ingimundur, und über seine Vorväter gibt es nicht wenig schriftliche Quellen.

Großkotze in Reitkleidung ritten mit Ingimundur aus, deklamierten Gedichte und machten Klamauk, während Lára, die Frau des Hauses, sich um den Betrieb kümmerte.

Sie gewann Ragnar lieb und ließ ihn keine anderen Arbeiten tun als solche, die als sauber und angenehm galten. Eine Zeitlang war er Stallbursche bei Ingimundur und fühlte sich wohl dabei. Er war in der Pubertät, aber früh entwickelt und reif.

Auf dem Hof lebte auch das Mädchen Anna, Tochter von

Ingimundur und Lára. Sie war bildschön, mit blondem Haar und klarem Blick. Sie war drei Jahre älter als Ragnar.

Ragnar und Anna kamen gut miteinander aus, und ehe sie sich's versahen, war die Liebe in ihren Herzen erblüht. Sie gingen zusammen ihrer Arbeit nach und saßen bei der Abendunterhaltung so nahe beieinander, wie sie konnten.

Als Ingimundur von dieser Zuneigung der jungen Leute Wind bekam, war er sofort nüchtern. Er setzte sich in sein Arbeitszimmer und dachte. Dann nahm er die Sache in die Hand und ruhte nicht eher, als bis die Tochter bei Verwandten in Ákureyri untergebracht worden war.

Anna war niedergeschlagen, aber Lára wußte nicht, auf welchem Fuß sie stehen sollte, denn auf der anderen Seite hatte sie Ragnar sehr gern. Es würde schon besser mit ihm werden, dachte sie, wenn er nur die Kraft, die er in sich hatte, im Zaum hielte.

Sie fand auch, daß Ragnar gut aussah: mit markanten Zügen und diesem rötlichen Haar, das rasch dunkler wurde, und jetzt, nachdem er gutes Essen bekam, war er kerngesund und kraftvoll. Muskelbau und Körperkräfte standen mehr in Einklang miteinander. Er war ein hochgewachsener Kraftmensch.

Aber Großbauer Ingimundur triumphierte: Jetzt konnte er wieder einen Schnaps picheln und mit den Großkotzen ausreiten.

Eines Tages, als Ingimundur im Begriff ist, zu einer Reittour aufzubrechen, sieht er Ragnar kommen. Da sagt er zu seinen Begleitern: »Könnt ihr euch vorstellen, daß dieser Armenhäusler da meine Tochter angemacht hat.«

Die Begleiter gucken Ragnar an.

»Wäre es nicht das Richtigste, ihm mit der Peitsche den Hintern zu versohlen?« sagt Ingimundur.

»Doch«, sagen die Männer und lachen.

Selbstverständlich war das nur Scherz, aber Ragnar hatte gehört, wovon sie sprachen, und nun geht er zu Ingimundur, packt ihn an den Aufschlägen der Reitjacke, hebt ihn aus dem

Sattel, hält ihn mit beiden Armen in die Luft und sagt gleichzeitig: »Es gibt Armenhäusler, die Großkotze hochhalten.«

Ingimundur hatte keine Ahnung gehabt, wie stark Ragnar war. Er zappelte über seinem Kopf. Er hatte Höhenangst. Er wurde rot im Gesicht. Ragnar ging mit ihm über den Hofplatz, hin zur Stallwand, wo er ihn auf den Misthaufen warf.

Ingimundur war rasend. Aus seinen Mundwinkeln floß Geifer. Er erhob sich aus dem Mist, nahm eine Schaufel und wollte damit auf Ragnar eindreschen. Es gelang Ragnar, die Schaufel zu packen. Er entriß sie Ingimundur und warf sie weg.

Dann gingen sie aufeinander los.

Zur selben Zeit, als dies geschah, während Ragnar mit Fäusten und Füßen in einem Kampf kämpfte, der damit endete, daß der Großbauer ohnmächtig im Misthaufen lag, da trainierte Grímur der Boxer den Boxkampf in einer Sporthalle, die in einem Fischverarbeitungsgebäude der Alliance lag.

Und am Abend, während Grímur der Boxer sich ausruhte und in einem Fachbuch über das Boxen las, ging Ragnar über die Holtavörðuheiði Richtung Reykjavík.

Die Kälte drang durch seine Kleider.

Kapitel siebzehn

1

Jetzt hatte Ragnar zwei Bergheiden hinter sich gelassen, die Hellisheiði und die Holtavörðuheiði. Das nächste Mal waren es die Pyrenäen.

Als Ragnar nach Reykjavík kam, trainierte Grímur mit großem Eifer. Damals konnte man bei zwei Vereinen trainieren: Ármann und KR.

Grímur trainierte beim KR, betrieb aber darüber hinaus seine eigene Boxschule: Grímurs Boxschule.

Ragnar fing an, bei Grímur zu trainieren, aber Boxen lag Ragnar nicht besonders. Ihm fehlte die Elastizität, die Grímur bei Boxern für nötig hielt, und er konnte außerdem nicht Seilspringen, oder genauer gesagt, es gab kein Springseil, das lang genug war für Ragnar. Er war so groß, daß er zum Springen eine Trosse gebraucht hätte.

Aber der Mann, der bei Grímur zum Training auftauchte und zusammen mit Ragnar Boxen trainierte, der hatte die Elastizität, und der konnte Seilspringen; er war stämmig und groß.

Das war Olli.

Olli und Ragnar spürten im selben Moment, als sie einander in die Augen sahen und die Hände drückten, daß dies nicht ihr letzter Händedruck sein würde.

Olli hatte etwas Fremdartiges an sich, das Ragnar später besser verstand.

Nachher, als Olli gegangen war, sagte Grímur der Boxer: »Olli ist ein guter Boxer, und er ist überzeugter Kommunist.«

»Kommunist«, sagte Ragnar. »Sind die gut im Boxen?«
»Ja«, sagte Grímur. »Sie sehen rot.«
Dann lachte er und stupste Ragnar in den Bauch.
»Und du?« sagte Ragnar. »Bist du Kommunist?«
»Aber ja«, sagte Grímur. »Das ist das einzig Vernünftige.«

2

»Ich erinnere mich nicht, wie wir ihn kennengelernt haben«, sagt Kári. »Er war einfach einer von uns.«

...

Manchmal gehen Glück und Begabung Hand in Hand und manchmal nicht.

Manchmal ist die Welt voller Rosen und manchmal nicht.

Eyjólfur hieß er und Jóhannesson, wurde aber Olli genannt, manchmal Olli der Amerikaner, manchmal Olli der Spanienfahrer, manchmal Olli der Boxer.

Es ist egal, wen du fragst: die Verkäuferinnen am Laugavegur, die jetzt alte Damen geworden sind, die Hafenarbeiter, die Seemänner, die Sportler, die Kommunisten, sogar die Polizisten, die ihn manchmal festnahmen: Alle sagen dasselbe: »Einen prächtigeren Mann hat man nie gesehen.«

Olli war auf Snæfellsnes geboren.

Jóhannes, sein Vater, war Zimmermann und Seemann. Er zog mit der ganzen Familie, Frau und sechs Kindern, auf der Halbinsel herum, von einem Fischerdorf ins andere.

Eine Zeitlang fuhr er von Búdum aus hinaus, und einmal wohnte die Familie in einem ungeheizten Schulhaus in der Nähe von Kvíabryggja.

Später trennte sich das Ehepaar, und Ingibjörg, Ollis Mutter, zog nach Reykjavík, aber die Kinder wurden auf verschiedenen Höfen untergebracht.

Als Jóhannes alleinstehend war, verlegte er sich aufs Vagabundieren. Er streifte überall im Land herum und arbeitete als Zimmermann. Es gibt kaum einen Fjord oder eine Bucht, wo Jóhannes nicht gewesen war. Ortsnamen, Berge und Täler: All das war wie die Uhr an seinem Handgelenk. Aber schließlich ließ sich Jóhannes in Reykjavík nieder.

Olli hatte die gleiche Vagabundennatur wie sein Vater, abgesehen davon, daß Island nur eine Fußspur in seinem Fahrplan war. Er hatte alle Länder auf dem Erdball gesehen, außer Rußland und Grönland, als er in allzu jungen Jahren starb.

So war Olli.

Nach dem Aufenthalt auf einigen Höfen kam Olli nach Reykjavík und wohnte bei seiner Mutter am Grímsstaðaholt. Sie hatte wieder geheiratet, Schuhmacher Róbert, der seine Werkstatt im Zentrum hatte.

Im ersten Winter spazierte Olli nach Hafnarfjörður, ging an Bord eines ausländischen Kohledampfers und versteckte sich im Laderaum. Das Schiff hatte die Anker gelichtet und war auf offenem Meer, als Olli gefunden wurde.

Von da an war Olli nicht mehr zu halten. Er kam als junger Mann auf einen Trawler, musterte aber dann als Messejunge auf einem Frachter an und fuhr nach Amerika. Als das Schiff im Hafen von New York lag, ging Olli von Bord.

Er wurde mit Hilfe der Polizei gesucht, war aber nirgends zu finden. Das Schiff legte ohne Olli ab. Es vergingen Wochen und Monate, und niemand hörte etwas von ihm. Olli war auf die Liste vermißter Personen bei der Bundespolizei, dem FBI, gesetzt worden. Auf den Polizeiwachen der Bundesstaaten hingen Informationen über ihn aus.

Junger Bursche aus Island: verschwunden.

Freunde und Verwandte in Island rechneten nicht damit, Olli wiederzusehen, mit Ausnahme der Jungen am Grímsstaðaholt. Sie hatten Olli über Hausdächer gehen sehen wie über eine ebene, glatte Straße und sahen ihn als Zirkusdirektor, Obergangster, sogar als Präsidenten vor sich.

So kamen die Leute auf viele Ideen, während Olli kreuz und quer durch die Vereinigten Staaten reiste. Er fuhr als blinder Passagier mit dem Zug, trank in Kneipen, amüsierte sich mit Mädchen, arbeitete als Tellerwäscher, Zeitungsbote, Jäger und Obstpflücker.

Eines Tages aber kommt Olli zu einer Farm auf den Great Plains im Mittleren Westen, in der Nähe der Stadt Marshall, und bittet um Arbeit. Der Farmer und seine Frau, das Ehepaar Christensen, sind skandinavischer Herkunft. Sie bitten Olli herein und unterhalten sich mit ihm.

Der junge Mann gefällt ihnen, und sie stellen ihn bei sich ein. Sie selbst sind kinderlos. Für alles hat Olli eine gute Hand, besonders Maschinen und Reparaturen daran – Olli wurde später auch Dreher. Rasch hat das Ehepaar Christensen das Gefühl, daß dieser Junge von Gott gesandt ist. Sie haben sich ein Kind gewünscht, jetzt haben sie ein Kind bekommen.

Olli kriegt alles: Kleidung, Auto, Geld. Er tritt in Marshall Town in einen Sportverein ein und geht dort zur Schule: der junge Christensen. Im Sport ist Boxen sein Fach.

Ja, manchmal ist die Welt voller Rosen, und manches ist zu schön, um wahr zu sein.

»Das war sicher ein schreckliches Debakel«, sagt Kári.

Was passierte, war folgendes: Olli saß in seinem Auto, in seinen guten Sachen und auf Mädchensuche. Er baut einen Unfall. Es stellt sich heraus, daß Olli betrunken ist.

Aber die Trunkenheit und die Kollision verblaßten rasch, als man anfing, die Sache zu untersuchen. Wo waren die Papiere dieses jungen Mannes? Wer war er? Es gab keinen jungen Christensen im Register.

Die Polizei in Marshall bat die Polizei in Minneapolis, der Sache nachzugehen. Die Polizei in Minneapolis brachte schnell in Erfahrung, daß der Junge in Wirklichkeit Eyjólfur Jóhannesson hieß, genannt Olli, und ein gesuchter Ausreißer von einem Schiff war, ein illegaler Ausländer im Lande.

Dem Ehepaar Christensen ging das alles sehr nah. Sie waren ehrliche, anständige Menschen, aber sie liebten den Jungen, waren bereit zu vergeben, zu adoptieren und all das, aber Gesetz ist Gesetz, und Ollis Gesetzesübertretung war Ollis Gesetzesübertretung; er wurde in Handschellen abgeführt.

Das Ehepaar Christensen stand da und schaute ihm nach. Die Tränen liefen ihnen die Wangen hinunter wie klare Bergbäche. Hinter der Brille des Farmers glitzerte es. Der Knoten im Haar seiner Frau bebte, aber Ollis Gesicht in der Heckscheibe des Polizeiwagens wurde kleiner und kleiner.

Der Sohn, der sich voll ausgewachsen in ihrem Leben inkarniert hatte, entschwand so rasch, wie er gekommen war. Olli wurde mit Schimpf und Schande aus dem Lande geschafft, hatte sich aber durch sein dreijähriges Herumvagabundieren und den Aufenthalt bei dem Ehepaar einen seiner Spitznamen verdient: Olli der Amerikaner.

3

Bald darauf geht Olli die Tjarnargata in Reykjavík entlang. Dort sind Häuser in Bau, von denen viele heute zu den schönsten Häusern der Stadt gezählt werden.

Olli steht an einem Haus und betrachtet einen stämmigen Mann am Bau. Das ist Jóhannes, sein Vater.

Nach dem Amerikaaufenthalt sticht Olli erheblich vom blassen Gesicht der Stadt Reykjavík ab.

Es gibt Leute, die glaubten, da sei ein Farbiger unterwegs: die Haut bräunlich und die Erscheinung frisch und stark.

Hier ist der attraktive Mann, an den sich die Verkäuferinnen am Laugavegur noch lange danach erinnern sollten.

Olli lehnt sich an einen Pfosten, fischt eine schneeweiße Zigarette heraus und zündet sie an.

»Grüß dich, Papa«, sagt er.

Zimmermann Jóhannes dreht sich um, guckt den eleganten jungen Mann an, der da steht, den Tjörnin im Hintergrund.

Er guckt Olli lange an. Er kennt seine Kinder vom Sehen, aber diesen Jungen kann er nicht unterbringen.

»Ich bin's, Papa«, sagt Olli.

Ich bin's, Papa. In Jóhannes' Innerem geht ein Licht auf und brennt klarer und klarer, bis es explodiert und sich in unzählige Sonnen verwandelt.

»Eyólfur! Eyólfur, mein Sohn! Ich wußte nicht, daß du am Leben bist«, sagt Jóhannes, und Jóhannes, der im allgemeinen als ein eher harter, gefühlloser Mann gilt, zittert am ganzen Körper und weint laut.

»Ich wußte nicht, daß du am Leben bist«, wiederholt er immer wieder.

Vater und Sohn waren einander in vielem ähnlich: Sie waren nicht immer auf der Arbeit, aber wenn sie arbeiteten, dann arbeiteten sie für zwei, sogar für drei.

Aber Olli brauchte eine Unterkunft und einen Job. Sein Vater hatte so etwas nicht zu bieten, aber er hatte einen Bruder, der in der Hverfisgata wohnte und Hallgrímur hieß.

Hallgrímur war Buchdrucker und nahm eine führende Position im Kampf der Arbeiterklasse ein, sowohl in der Druckergewerkschaft als auch im politischen Kampf.

Hallgrímur stellte das erste Telefonbuch zusammen, gab es heraus und verbreitete es. Er war kein Kommunist, unterstützte aber den Vorschlag der Jungkommunisten, Kurse in Erster Hilfe und in der Geschichte der Arbeiterbewegung abzuhalten.

So war Hallgrímurs Philosophie, und so waren seine guten Eigenschaften.

Hallgrímur dachte folgendermaßen: Junge Männer aus armen Familien haben nichts, worauf sie hoffen können, es sei denn, sie verschaffen sich Wissen und Einsicht. Es ist Aufgabe der Arbeiterbewegung, ihnen dies zu ermöglichen; deswegen Kurse.

Hallgrímur fielen Ollis gute Eigenschaften rasch ins Auge. Er entschloß sich, ihm eine Ausbildung zu verschaffen, nahm ihn mit zu den Kursen und bot ihm an, bei ihm zu wohnen.

Und nun geschah vieles auf einmal: Olli begann eine Lehre als Dreher bei der Maschinenfabrik Óðinn. Olli machte sich in der Fabrik ganz hervorragend. Seine Fingerfertigkeit war einmalig, und ebenso seine Energie. In der Fabrikhalle kam das Gerücht auf, er habe Zauberkräfte. Maschinen, die jahrelang nicht funktioniert hatten, gaben sich plötzlich einen Ruck und verdoppelten ihre Kapazität, nur weil Olli an irgendwelchen Schrauben herumgefummelt hatte.

Doch gab es Grenzen für Ollis Zuverlässigkeit. Er verschwand von seinem Arbeitsplatz, und manchmal kam er gar nicht zur Arbeit. Direktor Grétar sah, daß er es nicht mit einem ganz gewöhnlichen Menschen zu tun hatte. Er sagte zu Olli: »Du kannst kommen und gehen, wie du willst.«

Das hatte Grétar noch zu keinem Mann gesagt.

Gleichzeitig aber geschah noch etwas: Die Bekanntschaft

mit den Jungkommunisten festigte sich. Das Reich des Arbeiters, die Brüderlichkeit unter den Menschen, das war Olli wie aus dem Herzen gesprochen.

4

Als Olli und Ragnar sich kennenlernten, war Grímur der Boxer im Begriff zu verreisen. Er fuhr nach Kopenhagen, um sich eine bessere Ausbildung im Boxen zu verschaffen.

Grímur konnte alles, was Leute hier im Lande ihm im Boxen beibringen konnten, und er selbst glaubte, anderen nicht mehr vermitteln zu können.

Er schloß Grímurs Boxschule auf unbestimmte Zeit, begann eine Ausbildung bei Emanuel Jacobsen und wurde mit den tüchtigsten dänischen Boxern gut bekannt.

Als Grímur das Land verließ, war die Bekanntschaft zwischen Olli und Ragnar zur Freundschaft geworden. Olli konnte sich nicht nur mit dem Mitgliedsausweis von Grímurs Boxschule schmücken, sondern auch mit dem Parteibuch der neugegründeten Kommunistischen Partei Islands.

Diese Unterlagen blätterte er einmal Ragnar hin, der lange danach sagte: »Ich habe noch nie derartige Papiere gesehen.«

»Ein Gespenst geht um in Europa – das Gespenst des Kommunismus.

Die Geschichte aller bisherigen Gesellschaft ist die Geschichte von Klassenkämpfen.

Proletarier aller Länder vereinigt euch!«

Die Kommunistische Partei Islands hatte ihr Hauptquartier in der Brattagata 14 im Stadtteil Grjótaþorpið. Von dort sollte die gesellschaftliche Umwälzung ausgehen.

Dort besuchten Olli und Ragnar Sitzungen, Versammlungen und Kurse. Oft dauerten die Versammlungen bis spät in den Abend, und wenn sie endeten, diskutierte man weiter unter Straßenlaternen und an einer Straßenecke.

Großmutter hatte nichts gegen Kommunisten. Das waren brave junge Männer, die verschiedene sinnvolle Vorschläge hatten, aber sie machte sich Sorgen wegen der nächtlichen Umtriebe, die den Versammlungen folgten.

So war es bei der Pfingstgemeinde nicht. Sie gingen nach Hause, wenn die Versammlungen zu Ende waren, beteten ihre Gebete, erfüllt vom Heiligen Geist, mit Frieden im Herzen.

Als Großmutter Ragnar darauf ansprach, war seine Antwort einfach. »Die Revolution kann genausogut bei Nacht kommen«, sagte er.

Ragnars Beredsamkeit wuchs von Tag zu Tag. Seine Ansichten wurden radikaler.

Wenn Ragnar die Erinnerung an seine Aufenthalte auf Einarsvellir und anderen Höfen auffrischte, fand Großmutter, er übergehe die guten Seiten des Landlebens, und sie fand es wirklich merkwürdig, daß es ihm nirgends gutgegangen sein sollte.

»Deine Brüder und Schwestern reden nicht so«, sagte sie. »Sie sind auf ihren Höfen, still und brav, und machen uns allen Ehre.«

»Das liegt daran, daß die Sonne des neuen Tages noch nicht bis Kambahreppur vorgedrungen ist«, sagte Ragnar. »Da sind Armenhäusler noch modern.«

Kapitel achtzehn

1

Ólafur, mein Großvater, war nicht anders als andere Trinker, insofern, als ihn manchmal Ekel vor Alkohol überkam. Er wünschte ihn dahin, wo der Pfeffer wächst, und überlegte sogar, in eine Loge einzutreten.

Dann begann er daran zu denken, wie arm an Glück sein Leben war: Er, der großartige Träume gehabt hatte, war nichts weiter als ein Sklave, abhängig vom Betteln und Schmarotzen, machtlos gegenüber Veränderungen, die niemand verstand, zuallerletzt er selbst.

Wenn Ólafur nüchtern war, war er still und ruhig, zurückhaltend und schüchtern. Dann erwies er seiner Frau Guðný Rücksicht. Er schloß halb die Augen und erzählte ihr köstliche Geschichten über köstliche Menschen.

Dann lachte sie so sehr, daß sie die Versammlung beinah vergaß. Schließlich sprang sie auf und machte sich zurecht. Ólafur ging mit ihr bis zur Tür der Heilsarmee oder bis zum Tor der Pfingstgemeinde, setzte aber selbst nie einen Fuß in eine dieser Versammlungen.

Falls Ólafur an etwas glaubte, dann in aller Stille; oder es gab irgendwelche Geheimnisse im Meer, von denen er wußte, aber niemand sonst. Sein Verein war die Seefischergewerkschaft. Dort besuchte er Zusammenkünfte. Das war genug.

Während Großmutter Gottes Wort hörte und sich in Chorälen und Gebeten badete, hörte Großvater klugen Männern zu, die über die Bildung des Volkes redeten.

»Es ist die Unwissenheit, die uns in der Armut hält«, sagten sie um die Wette. Da begann Ólafur, an seine Kinder zu denken. Wie würden sie zurechtkommen?

Sowohl Ólafur, mein Vater, als auch Einar waren weg: Papa auf Grímsstaðir in Kambahreppur und Einar auf einem Hof in Gufudalur.

Großvaters Herz schlug schneller. Er bekam einen Kloß im Hals.

Niemand bot ihm mehr einen Schnaps an. Jetzt gab es keinen geschmuggelten Schnaps mehr, keinen Portwein, Branntwein oder Rotwein, sondern Brennspiritus aus Apotheken oder Desinfektionsportionen von Ärzten.

All das tanzte in seinem Kopf herum. Er hatte Durst. Die Stimmen im Saal wurden zu Gemurmel, die Reden nebelhaft. Ólafur spürte, wie seine Hände zitterten. Ihm stand der Schweiß auf der Stirn.

Wohin ging er?

Nicht er ging, sondern die Straßen führten ihn geradewegs zur nächsten Apotheke. Er beseitigte das schlimmste Zittern in einem Gäßchen zwischen zwei Häusern.

Dann ging er heimwärts.

Noch war nichts zu merken.

Manchmal war er unruhig. Manchmal war er hitzig, aber er wartete.

Am Wochenende kam Guðný mit dem Lohn aus der Fischverarbeitung heim. Sie bekam neunundfünfzig Kronen die Woche. Sie legte die Lohntüte ab, um Kaffee zu kochen und sich fein zu machen.

Ólafur rieb sich die Hände. »Wie war's bei der Arbeit?«

Guðný erzählte, berichtete die Begebenheiten des Tages, wie das Wetter gewesen war, worüber die Frauen gesprochen hatten, ach ja, übrigens, Bracker Gústi läßt grüßen.«

»Und der Fisch?«

Der Fisch? War es nicht immer derselbe Fisch? Na ja ... und jetzt ist sie in der Kochecke, um Kaffee zu machen.

Dann sagt sie etwas, aber niemand antwortet. Was war aus

dem Gesprächspartner geworden? Hatte er sich in Luft aufgelöst?

Großmutter wirft einen Blick auf den Stuhl, auf dem Großvater gesessen hat, aber der ist leer. Ólafur ist verschwunden, und der Lohn, den sie abgelegt hat, hat sich offensichtlich einen Spaziergang mit ihm gegönnt.

Großvater ging es prima, als er hinunter in die Stadt gekommen war. Er führte ein langes Gespräch mit sich selbst über die Zukunft; und das war keine geringe Zukunft.

Er ging in Lokale und plauderte mit Leuten. Jetzt war er nicht zurückhaltend. Jetzt war er nicht schüchtern. Er fuchtelte herum und redete alle in Grund und Boden.

Waren sie nicht alle miteinander Idioten? Wer von ihnen war in Grímsby gewesen?

Dann ist der Faden plötzlich abgeschnitten; und Ólafur zieht sich selbst aus dem Schlamm der Stadt, taumelt durch die Straßen wie ein Kutter in Seenot, taucht tief unter, fällt um und landet an einer Ecke, mit blauen Flecken überall, zitternd und bebend am ganzen Körper.

Großvater steht auf und geht an Bord eines Trawlers. »Grüß dich! Ich fahre nur mit euch. Ich! Bracker Óli! Ich weiß alles von Fisch.«

Der Kapitän nickt.

Als Ólafur an Land kommt, hustet er unaufhörlich.

2

Sigrún kam in die Stadt, um sich konfirmieren zu lassen.

Sie fand es seltsam, wie sich alles verändert hatte, denn auf Seylukot blieb sich alles gleich. Dort verging die Zeit nach anderen Uhren.

Alles ist still. Die Tür geht auf wie eine Erinnerung aus der Vergangenheit. »Hallo! Ist niemand zu Hause?« Sigrúns Blick fällt auf ihren Vater.

Ihre Mutter ist arbeiten.

»Papa«, sagt Sigrún. »Guten Tag, Papa.«

Ólafur sitzt da im Nebelrausch und scheint sie nicht zu erkennen. Sigrún riecht den Schnaps, glaubt aber, er sei nur müde.

»Was ist?«

Er ist ruhig. Er tastet nach dem Glas.

»Ich bin es, Sigrún.«

»Nein, Sigrún, wie schön...«

Sein Gesicht hellt sich ein wenig auf.

Helga, die Frau aus dem oberen Stockwerk, hatte Sigrún kommen sehen. Sie kam herunter.

»Was hat das eigentlich zu bedeuten, Ólafur?« sagt sie. »Deine Tochter ist in die Stadt gekommen, und du sitzt hier, stockbetrunken. So eine Schande hab ich noch nie erlebt.«

Ólafur antwortet nicht.

»Hast du das gehört, Ólafur?« sagt Helga scharf.

Ólafur späht in die Luft, als suche er irgend etwas.

»Hast du das gehört?« sagt sie noch einmal.

»Ja, ja, ich höre«, sagt Ólafur, »aber ich sehe nichts.«

Sie gucken ihn an.

»Sigrún, bist du das?«

Ólafur streckt die Hand aus und versucht, seine Tochter zu berühren.

»Wo bist du? Ich sehe nichts.«

Großvater war blind geworden.

Sigrún ging mit Helga hinauf.

Eine Treppe hinaufzugehen war wie sich von einem Planeten zum anderen zu bewegen, vom Jupiter zum Mars oder umgekehrt.

Auf diesem Planeten gibt es schöne Möbel: Schränke, Tische und Sessel, und Blumen. Helga selbst duftet wie eine Rose.

»Was für ein großes und hübsches Mädchen du geworden bist«, sagt Helga. »Wie ist es auf dem Land?«

»Ich hab es ganz unheimlich gut gehabt«, sagt Sigrún. »Ich hab zwei Lämmer, und ich kann stricken.«

Als Sigrún wieder hinunterkam, lag ihr Vater auf dem Boden. Er hustete Blut. Sigrún lief wieder hinauf zu Helga. Man brauchte einen Arzt, und der kam und ließ ihn ins Epidemiehospital in der Þingholtsstræti bringen.

Die Segelfahrt ging ihrem Ende entgegen.

Großvater lag auf dem Sterbebett.

Am Abend sprach Sigrún mit ihrer Mutter. Sie hielten einander an den Händen.

Sigrún fühlte die Hände der Mutter. Die Finger waren vom Salzwasser schwammig und aufgeschwollen.

»Ja, ich weiß, wie sie sind«, sagt ihre Mutter, »aber ich pflege mein Haar.«

Und sie unterhalten sich weiter.

Die Erinnerungen überströmen sie, und plötzlich fangen sie an zu lachen.

Vierter Teil

Kapitel neunzehn

1

Einer zieht von daheim weg, ein anderer heim. Einer geht hierhin, ein anderer dorthin. Dann begegnen sie sich und können sich nicht erinnern, ob sie einander je gesehen haben, aber dann stellt sich heraus, sie sind Brüder.

...

Onkel Halli war der Älteste. Er wurde als erster weggeschickt und war zwanzig, als er wieder in die Stadt kam. Ívar und Kári kamen etwa zur gleichen Zeit, aber Ragnar war mal in der Stadt und mal nicht. Er kam und ging wie die Zugvögel.

Ragnar war und war nicht. Er war wie die Philosophie, die Brynjólfur Bjarnason gerade den jungen Kommunisten erklärte und die Dialektik genannt wurde. Mit ihr konnte man die Entwicklung der Geschichte erklären. Sie wußten, wie die Welt morgen sein würde.

Halli wohnte in einem ganz anderen philosophischen System. Er war; und hielt sich, wo er stand. Als Halli die Landgemeinde Kambahreppur verließ, sah er die Herbstsonne einen schönen Schein über Heide und Moos werfen. Es schimmerte in den Seen. Die Vögel waren auf dem Weg fort.

Das Blau lag da wie ein offenes Buch.

Kurz darauf ging Halli durch die Straßen der Stadt auf der Suche nach Arbeit. Sein Vater lag im Sterben. Die Tage vergingen langsam. Es regnete. Dann kamen Hagel- und Schneeschauer. Halli ging ins Epidemiehospital. Er stand an dem

Bett, in dem sein Vater lag. Halli guckte seinen Vater an, aber sein Vater sah nichts als die Wellen, die vor seinem inneren Auge stiegen und sanken.

Draußen herrschte die Krise.

Die Geschwister Hunger und Not standen an den Hausecken herum und schwiegen.

Die Flotte des Landes war im Verfall begriffen. Die Seeleute kamen mit leeren Händen an Land und gesellten sich zur Schar der Arbeitslosen. Arbeit war kaum zu bekommen. Familienväter hingen im Schuppen der Arbeiter herum. Bequemlichkeiten waren dort spärlich.

Halli wohnte bei seiner Mutter. Sie waren oft allein, denn Ragnar war hier und da unterwegs, mit Olli und anderen Kommunisten. Sie warteten darauf, an der Revolution teilnehmen, dem verrotteten Reykjavíker Kapitalismus den Arsch aufreißen und die Produktion in die Hände derer legen zu können, die darin arbeiteten.

Halli war schüchtern und ziemlich ängstlich in der Stadt. Manchmal verirrte er sich und wurde geblendet, trotz des Regens. Er ging in Richtung Hafen. Schließlich fand er den Schuppen der Arbeiter.

Es war wie in einer Hürde beim Schafabtrieb; so viele Köpfe waren da.

Magnús Haraldsson, Hallis Onkel, arbeitete am Hafen. Er war, wie schon erwähnt, ein Spitzenhafenarbeiter. Als sein Bruder Ólafur auf See ging, ging Magnús in den Hafen.

Magnús gehörte zur Teufelsgang. Das war eine Art Elitetruppe der Hafenarbeiter. Sie schaufelten Kohle und Salz in größerem Tempo, als man von anderen Männern erwarten konnte, waren entweder pechschwarz von der Kohle, oder das Salz fiel von ihnen wie Schnee.

Oder sie bewegten sich in einer Wolke aus Betonstaub und Zement. Kinder hielten sie für Riesen, sogar für Geächtete.

Magnús Haraldsson hatte Branntwein getrunken wie sein Bruder Ólafur und war eine Zeitlang darin ebenso tüchtig wie bei anderen Arbeiten. Über die Brüder sagte man, Magnús stelle die Stadt auf den Kopf, Ólafur aber sein eigenes Heim.

In der Zeit, als Magnús trank, ging er singend durch die Straßen. Manchmal landete er im Kittchen. Damals waren die Arrestzellen der Polizei oft proppenvoll mit singenden Trunkenbolden. Später, als der Gesetzgeber aufhörte, sich an Gesang zu stoßen, hatten die Leute keine Lust mehr zu singen.

Dennoch fehlte Magnús nie an seinem Arbeitsplatz.

Als er sah, wie der Alkohol mit seinem Bruder Ólafur verfuhr, hörte er jäh auf zu trinken. Magnús setzte einfach den Korken auf die Flasche und trank nie wieder. Er war unverheiratet und durfte im Keller bei seiner Schwester Þórðís in Grjótaþorpið wohnen.

Später flickte Magnús eine Hütte an der Njarðargata zusammen und zog aus dem Keller aus. An der Njarðargata waren einige solcher Hütten errichtet. Nach und nach, als mehr Häuser gebaut wurden, verschwanden die Hütten, alle außer Magnús' Hütte.

In ihr wohnte er bis an sein Lebensende.

Als Magnús aufhörte zu trinken, hörte er auch auf zu singen, und von da an redete er niemanden mehr von sich aus an.

Aber Magnús erwies sich als Freund seiner Verwandten. Er lud die älteren Brüder im Billardsalon in der Vesturgata zum Kaffee ein und war für sie in Reichweite, als sie anfingen, sich am Hafen einzufinden. Da war es gut, einen Onkel mit guten Verbindungen zu haben.

Als Magnús Halli im Schuppen der Arbeiter sah, so schüchtern und verwirrt, gab er dem Vormann einen Wink. Halli wurde aus der Herde aussortiert. Man brachte ihn zur Kohle. Man brachte ihn zum Salz. Er guckte herein beim Zement. Er lud Fisch in Laderäume.

Die Vormänner guckten einander an und nickten. Es bedurfte keiner weiteren Beweise: Der Hafen kannte seine Männer.

2

Onkel Hallis Pflegestelle war auf Miðgarður in Kambahreppur gewesen. Der Hof wurde von drei Brüdern betrieben, die alle unverheiratet waren, und es gibt Leute, die meinen, daß Hallis Exzentrizität und das Eigenbrötlerische in seinem Wesen ihn von dort begleitet habe.

Diese Brüder werden als ungepflegt und langbärtig und als in jeder Hinsicht altmodisch beschrieben. Sie sprachen mit schriller Stimme, wie es oft bei Menschen vorkommt, die lange isoliert gewohnt und sich nicht auf Beziehungen mit anderen eingestellt haben.

Halli hatte auch diese sonderbare Stimmlage, und als er in die Stadt zurückkehrte, hatte er angefangen zu stottern.

Halli stotterte immer, wenn er mit Fremden sprach, aber nie, wenn er mit denen sprach, die er kannte und denen er vertraute.

Die Landwirtschaft der Brüder auf Miðgarður war jämmerlich, obwohl sie sich dafür abrackerten. Saure Grütze und halbfaule Fischchen waren das tägliche Brot.

Wenn eine Frau auf dem Hof auftauchte, machten die Brüder sich unsichtbar, und das Wort Frauenzimmer wurde nur als Schimpfwort benutzt.

Manchmal zogen die Nachbarn sie auf und brachten Frauenkleidung mit. Dann reagierten die Brüder, als hätten sie sich verbrannt.

Aber eines lernte Halli von den Brüdern, und zwar Fischen. Sie fischten in nahe gelegenen Seen und manchmal oben in der Einöde.

Später war Halli tage- oder sogar wochenlang draußen. Dann lebte er von Forellen und Kräutern, besonders Wiesenschaumkraut.

Halli fühlte sich wohl draußen in der Natur, beim Fischen, allein mit Pflanzen und Vögeln. Er fuhr mit einem alten Jeep aus der Stadt und zeltete am Apavatn oder auf Þingvellir oder fuhr weit hinaus in die Einöde.

Halli versah die Angelleine mit zwei oder drei Haken, fischte Forellen, die er in einen alten Plastikeimer warf und mit Mieren bedeckte.

Einmal verschwanden alle Forellen aus dem Eimer, aber die Mieren lagen auf dem Boden. Der Nerz war bis zu Hallis Fang vorgedrungen. Seitdem nahm Halli das Gewehr auf seine Fischfahrten mit und erschoß den Nerz, wenn dieser aus seinen Verstecken auftauchte oder in den Seen schwamm.

Halli kochte die Forellen in einem kleinen Topf auf dem Primuskocher oder grillte sie über dem Feuer. Er aß die Forellen, sammelte Kräuter draußen in Gottes grüner Natur und schlief entweder unter offenem Himmel oder in einem kleinen Zelt.

So verbrachte Halli alle seine Sommer, wenn er im Hafen Urlaub hatte, bis er im höheren Alter die Reisen in die Sonne entdeckte.

3

»Seid gegrüßt. Sonne und Sommer auf Mallorca. Viele Leute. Immer Sonne. Ich wohne im achten Stock. In einem guten Hotel. Mir geht es gut. Gruß von Halli aus der Eiríksgata.«

...

Ansichtskarten in diesem Ton kamen von allen Sonnenküsten herbeigeflattert, die die Reisebüros anzubieten hatten.

Halli hatte viel gearbeitet und sparsam gelebt. Als er sich zur Ruhe gesetzt hatte, betrachtete er drei Reisen in die Sonne im Jahr als absolutes Minimum.

Halli hatte, was seine Reisekasse anging, kein Vertrauen zu den Hotels oder ihren Safes, sondern schlief mit dem Geld unter dem Kopfkissen, nahm es mit hinunter an den Strand und legte es unter das Handtuch.

Das funktionierte auf allen seinen Reisen, bis er einmal aus dem Wasser kam: Das Handtuch lag an seinem Platz, aber das Geld war verschwunden.

Halli war in einem anderen Hotel untergebracht worden als seine Mitreisenden aus Island. Die Reiseleiter kamen nie zu ihm, und er konnte sich nicht verständlich machen. Halli wartete drei Wochen lang und hatte nichts zu essen außer zwei Tomaten am Tag.

Wie schon erwähnt, vererbte Halli die Wohnung in der Eiríksgata der Frauenzuflucht, war aber immer unverheiratet wie sein Onkel Magnús und die Brüder auf Miðgarður.

Zwar regte sich in Onkel Halli so etwas wie Sehnsucht nach Frauen, aber die Schüchternheit war ihr immer überlegen.

Zur Wohnung in der Eiríksgata gehörte ein Schuppen, der isoliert und geheizt war. Im Schuppen hatte Halli einen Kühlschrank mit Gefrierfach. Halli gelang es, den ganzen Kühlschrank zum Gefrierfach zu machen. Dort lagerte er die Forellen, die er auf seinen Fahrten fischte.

Nun geschah es, daß Halli für eine Frau entflammte, die in einer Straße nahe der Eiríksgata wohnte. Er zerbrach sich lange den Kopf, beschloß dann aber, direkt zur Tat zu schreiten, holte vier Forellen aus dem Gefrierfach und klopfte an die Tür der Frau.

Die Frau kam an die Tür, glaubte aber, Halli sei ein Küstenfischer, der Fisch verkaufen wollte, und erkannte seine freundlichen Absichten erst, als sie mit allen Forellen in den Händen dastand, aber da hatte Halli die Flucht ergriffen.

Er hörte nicht, daß sie ihm nachrief, weil sein Herz so hämmerte. Er kam nie wieder in die Straße, wo sie wohnte, und war immer auf der Hut, bereit, davonzulaufen, wenn sein Blick auf diese Frau fiel, die seine Brüder die Forellendame nannten.

4

Natürlich glaubte Onkel Halli an Gott, aber er wußte nicht, ob Gott an ihn glaubte.

Halli sagte einmal zu Papa: »Wenn all diese Leute in den Himmel kommen, muß es dort mit der Zeit sehr eng werden.«

»Nein«, sagte Papa. »Es gibt genug Platz in der Ewigkeit.«

»Dann muß es da von Köpfen wimmeln«, sagte Halli.

Wenn Halli gefiel, was jemand sagte, dann sagte er: »Das ist gut. Ich mach eine Verbeugung vor dir.«

Einmal fuhr ich mit Papa zu Halli, und Papa erzählte den ganzen Abend von eigenen Heldentaten.

»Das ist gut, Óli«, sagte Halli wieder und wieder. »Ich mach eine Verbeugung vor dir.«

Und das tat er. Ich habe nicht genau gezählt, aber an diesem Abend verbeugte sich Halli mindestens fünfzehn Mal.

...

Halli war fünfundfünfzig, als seine Mutter Guðný starb. Er wohnte weiter in der Wohnung in der Eiríksgata und rührte nichts an, und alles war noch gleich, als er selbst starb, viele Jahre danach.

Nach und nach hörte Halli auf, damit zu rechnen, daß jemand zu Besuch käme, und da hatte er recht: Die Besuche in der Eiríksgata wurden weniger, nachdem Großmutter nicht mehr da war.

Halli machte immer seltener Licht und saß oft allein im Dunkeln. Seine Brüder glaubten, er sei nicht zu Hause, doch wenn sie anklopften, kam er mit einer Taschenlampe an die Tür.

Anstatt die Böden zu fegen und zu wischen, breitete Halli Papiereinkaufstüten und Zeitungen darauf aus. Er warf nichts weg, sondern sammelte alles: Milchkartons, Verpackungen, Zeitungen.

Die Wohnung war wie ein Containerplatz, aber als der ganze Krempel beseitigt und eine Unmenge schwarzer Plastiksäcke weggeworfen war, kamen unabgenutzte Teppiche zum Vorschein, und die Wohnung an der Eiríksgata sah aus, als wäre Großmutter gerade runter in den Milchladen gelaufen und käme gleich zurück.

Kapitel zwanzig

1

Es wurde nicht groß gefeiert, als Sigrún in die Stadt kam, um sich konfirmieren zu lassen. Ihr Vater wurde ins Epidemiehospital gebracht, und viel unter die Leute zu bringen gab es ohnehin nicht.

Ihre Mutter nahm sie mit auf eine Versammlung. Danach tranken sie Kaffee bei einer alten Wahrsagerin, Pflegemutter eines kleinen Jungen, der später große Bücher veröffentlichen und ein bedeutender Dichter werden sollte.

Einen Menschen gab es aber doch, der an die Konfirmandin dachte. Das war Hafenarbeiter Magnús, ihr Onkel. Magnús ließ sie zu sich bitten. Er war frischgewaschen und frisiert, aber die Kohlefarbe verschwand trotzdem nicht von der Haut.

Magnús saß in der Stube bei seiner Schwester Þórðís in Grjótaþorpið und hielt einen großen Pappkarton, als Sigrún kam. Magnús öffnete den Karton, und zum Vorschein kam ein zweiter Karton.

So öffnete Magnús einen Karton nach dem anderen und lachte und freute sich über jeden leeren Karton. Am Ende lagen zwölf leere Kartons auf dem Boden, aber oben auf dem dreizehnten prangte ein Zehnkronenschein: das Konfirmationsgeschenk.

Das war viel Geld, der Tageslohn eines Arbeiters und noch mehr.

Im dreizehnten Pappkarton war Magnús' Geldkassette. Magnús hinterließ viel Geld. Der dreizehnte Karton war voller Scheine, denn in ihn legte Magnús den Gegenwert all des Schnapses, den er sonst getrunken hätte.

Magnús starb dreißig Jahre nach seinem Bruder Ólafur.

2

Als mein Großvater sich aufs Sterbebett legte, hatte er es mit dem Sterben nicht eilig, und sein Tod ist mir in verschiedenen Versionen berichtet worden.

Als ich ein kleiner Junge war, hörte ich die Geschichte eines Mannes, der von einem Stier so auf die Hörner genommen wurde, daß er daran starb.

Lange Zeit glaubte ich, dieser Mann sei Ólafur, mein Großvater, gewesen, und so nahm die Geschichte in meinem Kopf Gestalt an.

Ich sah Großvater in der Lækjargata betrunken vor mir, als der Stier angelaufen kam, ihn von hinten auf die Hörner nahm und in einen Graben schleuderte, wo er auf dem Bauch landete und ertrank.

Später glaubte ich, er sei vor der Tür des Kellers am Sjómannastígur erfroren. Er hielt die Türklinke und war steifgefroren, als die Tür geöffnet wurde.

Der Tod meines Großvaters war wie Entwürfe zu verschiedenen Geschichten.

Ich weiß nicht, warum.

Heute aber weiß ich, daß ich in der Geschichte vom Stier meinen Großvater Ólafur mit Bjarni auf Grímsstaðir, Pflegevater meines Vaters Ólafur, verwechselt habe; ein Zuchtstier, der von einem Hof zum anderen gebracht wurde, griff ihn an, nahm ihn auf die Hörner und stieß ihn zu Tode.

Es ist mir dagegen ein völliges Rätsel, wie die Lækjargata und der Graben sich in meine Phantasie einschleichen konnten.

Nachfragen und Dokumente haben die Wahrheit ans Licht gebracht: Großvater wurde ins Epidemiehospital in der Þingholtsstræti gebracht, nachdem er blind geworden war und Tuberkulose bekommen hatte.

Nachdem Großvater ins Epidemiehospital gekommen war, sagte er einmal zu Großmutter: »Ich habe der Dunkelheit

Schach geboten, aber jetzt ist sie gekommen, mich matt zu setzen.«

Da war die Segelfahrt vor ihrem Ende.

Ich weiß auch nicht, wie er sich mit Tuberkulose angesteckt hat. Vielleicht verhielt er sich leichtsinnig, aber die Tuberkulose verbreitete sich wie ein Lauffeuer. Der Körper meines Großvaters war gebrochen vom Alkoholmißbrauch und seine Widerstandskraft gering, als es so weit gekommen war.

All der Desinfektionsalkohol und Brennspiritus, all der Schmuggelschnaps und der Branntwein, der Portwein, der Rotwein und der Hausgebrannte, all das meldete sich, all das Trinken, seit es mit einem Schnaps glasweise bei den Kramläden angefangen hatte, als das Leben offen dalag und der Weg vor ihm lächelte.

3

Ich habe schon die Erinnerungen des Polizisten Gummi erwähnt, in denen es heißt:

»Der Branntwein wurde für meinen Vater zum Schicksal. In jener Zeit wurde er im Kramladen verkauft, erst später der Alkoholverkauf durch den Staat eingerichtet. Wie es nun gekommen sein mag, er wurde starker Alkoholiker und war lange Zeit zu Hause und kümmerte sich nicht um seine Arbeit, was dazu führte, daß die Familie ohne alle Mittel war.

Ich erinnere mich nur dunkel an ihn.

Ich muß vierzehn gewesen sein, als er starb. Damals wohnte ich auf Hólastaðir in Gufudalur. Es war die Hausfrau auf dem Hof und meine Verwandte, Guðfinna Stefánsdóttir von Reyká in Reykárhreppur, die mir die Nachricht vom Ableben meines Vaters überbrachte. Ich kann mich nicht erinnern, daß das nennenswerten Eindruck auf mich gemacht hätte, aber es war auch kaum zu erwarten, daß die Trauer groß sein würde.«

Kapitel einundzwanzig

1

»Verschieden ist an der Grandavör in Reykjavík Haraldur Magnússon, Häusler. Er war einer der Charakterköpfe Reykjavíks, verfügte über ein profundes Wissen in Hinblick auf die Geschichte der Hauptstadt und war in vieler Hinsicht ein kluger Mann.«

...

Diese Todesnachricht ist in einer der Zeitungen der Stadt zu lesen.

Während Ólafur im Epidemiehospital in der Þingholtsstræti mit dem Tod kämpfte, starb sein Vater Haraldur in dem Torfhof an der Grandavör, fünfundachtzig Jahre alt.

Ólafur lag im Epidemiehospital. Guðný kam von der Arbeit nach Hause, zog die Arbeitskleidung aus, machte sich zurecht und besuchte ihn.

Sie ging die Þingholtsstræti entlang.

»Du kommst«, sagte er, als er ihre Schritte sich nähern hörte. »Guðný, du bist es.«

Er erkannte ihren Schritt und behauptete, er könne ihn von jedem anderen Schritt unterscheiden. Auch wenn eine Herde Pferde aus dem Himmel herabstürzen und die Straße entlanggaloppieren würde, Guðnýs Schritt würde er erkennen.

Ólafur streckte die Hand aus. Guðný nahm seine Hand. Sie spürte deren Kraft schwinden. Dann setzte sie sich ans Bett, öffnete die Bibel, die ihre Mutter ihr geschenkt hatte, und las ihm aus dem Hohelied vor.

Meine Taube in den Felsklüften,
versteckt in den Steinritzen.
Zeige mir deine Gestalt,
laß mich hören deine Stimme;
denn deine Stimme ist süß,
und deine Gestalt ist lieblich.

Ólafur hatte angefangen zu fühlen, wie der Geist des Herrn auf das Herz einwirkt. Im Dunkel wurde er zum Fest geladen. Er hörte die Stimme der Taube und sah ihre Gestalt.

Jetzt würde er mit ihr durch die Tür und durch das Tor hineingehen; und die Soldaten mit den Helmen würden ihn nicht zum Lachen bringen, auch nicht die Sünder, die sich in der Pfingstgemeinde taufen ließen.

Als Großmutter ihm ein Jahr lang das Hohelied vorgelesen hatte, konnte er es auswendig. Er sagte: »Wäre ich gesund, würde ich so etwas für dich dichten. Ich könnte Gleichnisse vom Meer verwenden oder sogar aus den Meerestiefen.«

2

Als mein Großvater Ólafur vom Tod seines Vaters erfuhr, begann er, von Kópavogur zu sprechen.

»Mir gehört Kópavogur!« hatte er manchmal gesagt, wenn er betrunken war, und sich sogar hinaus ins Dunkel begeben wie mittelalterliche Ritter, um Kópavogur zurückzugewinnen. Zweimal war es ihm gelungen, es zu verkaufen und eine Flasche dafür zu bekommen.

Auch ich habe schon gedacht: Mir gehört Kópavogur, aber heute leben dort viele tausend Menschen.

Haraldur Magnússon, Häusler in Reykjavík, war auf Kópavogur geboren, dem Hof, nach dem die Stadt Kópavogur benannt ist. Manche sagen, der Boden von Kópavogur sei ziemlich mageres Ackerland gewesen, andere aber meinen, dort hätten vermögende Großbauern gewohnt, Generation um Generation, die Vorväter von Haraldur, Ólafur und mir.

Im Epidemiehospital erzählte Ólafur Guðný die Geschichte von seinem Großvater, Magnús Árnason, der an einem wunderschönen Herbstabend, als der Mond sich auf den Wellen wiegte und die Sterne des Himmels wie Glühbirnen in der Luft leuchteten, den lavabestreuten Strand entlangging, wo oft Robben gesehen wurden.

Plötzlich stand er am Eingang einer Höhle und hörte Festlärm und Gelächter aus der Höhle; am Höhleneingang lagen Robbenhäute. Magnús hob eine der Häute auf und nahm sie mit, ging mit ihr nach Hause und schloß sie in eine Kiste, ging dann zur Ruhe, konnte aber nicht schlafen.

Jedesmal, wenn er kurz vor dem Einschlafen war, stand er am Höhleneingang und fühlte die Kälte der Herbstnacht um sich wehen. Da ging er wieder hinaus in die Nacht. Die Sterne waren verschwunden und ebenso der Mond. Am Höhleneingang lagen keine Häute, und alles war still, außer einer nackten Frau, die auf einem Stein saß und weinte. Magnús nahm die Frau mit nach Hause und tröstete und wärmte sie.

So vergingen Tage.

So vergingen Nächte.

Magnús und die Frau, die Erla hieß, heirateten und bekamen vier Kinder, zwei Mädchen und zwei Jungen. Erla ging gern mit den Kindern hinunter ans Meer. In ihren Augen war ein ferner Blick, ihr Haar wogte wie Wellen, und das Meer brauste in ihren Adern.

Einmal fühlte Erla sich unpäßlich und müde, und Magnús ging mit den Kindern in die Kirche. Als er heimkam, war die Kiste offen, die Haut verschwunden und auch die Frau. Hierauf folgten trübe Tage, an denen es weder dämmerte noch hell wurde. Kurz darauf waren die Kinder auf dem Heimweg von Rejkjavík, alle außer Haraldur, der mit seinem Vater Magnús im Boot saß.

»Sie zogen das Boot am Nesjörð an Land«, sagte Ólafur, »da, wo Mama Wäsche wusch.«

Ein Bach floß den Hang hinunter und hinaus ins Meer. Der Bach führte viel Wasser. Er brauste hinab, hellbraun, voller Eisstücke. Es hatte tiefer Schnee gelegen, aber jetzt taute es. Die Kinder versuchten, den Bach zu überqueren, aber der rauschende Strom nahm sie mit und trug sie ins Meer.

Bauer Magnús war völlig außer sich. Die Tränen flossen, und seine Trauer war groß. Er behauptete, seine Frau sei ein Wal, die Kinder aber junge Robben gewesen. Magnús ließ das Land verkommen und wurde selbst halbwegs zum Bettler. Sein Sohn Haraldur schulterte seine Habe, machte sich auf den Weg und ließ sich im Torfhof an der Grandavör nieder.

Großvater erzählte Großmutter oft diese Geschichte. Sie wurde bei jedem Erzählen geschliffen und verschönert. Als er im Sterben lag, guckte er zu ihr hin, sah aber nur einen undeutlichen Umriß, lächelte ein mattes Lächeln und sagte: »Es kann gut sein, daß meine Großmutter in der Meerestiefe wohnt. Trotzdem nützt es nichts, zu uns zu sagen, wir hätten Robbenaugen, denn die Robbe hat Menschenaugen.«

3

Viele Einwohner von Kópavogur kennen Magnús Árnason, denn er geht noch leibhaftig in der Stadt umher, und manchmal regelt er den Verkehr.

Er ist völlig harmlos, obwohl er in manchen Geschichten seinen Kopf unter dem Arm hält und in anderen eine Kopfbedeckung aus Tang trägt.

Magnús hält dem Vernehmen nach auch eine schützende Hand über seine Nachkommen, aber nur die, die in Kópavogur ansässig sind. Der Schutz von uns anderen, besonders derer, die Taxi fahren, obliegt eher meinem Großvater Ólafur.

Einmal, nachdem Ragnar Taxifahrer geworden war, parkte er seinen Wagen vor seiner Wohnung, die in den westlichen Stadtteilen lag.

Kurz darauf rief eine Frau aus dem Nachbarhaus an.

Die Frau: »Da sitzt ein alter Mann auf dem Vordersitz deines Wagens. Er ist sehr blaß.«

Ragnar: »Du mußt dir deshalb keine Sorgen machen. Das ist nur mein Vater. Er ist schon lange tot.«

Kapitel zweiundzwanzig

1

Kári kam auf die Bezirksschule in Laugarvatn. Das Schulgeld betrug tausend Kronen. »Das ist dein Lohn«, sagte Hafsteinn, der auf dem Hof Oddsstaðir in Kambahreppur nicht mehr Verwalter war, sondern Bauer.

Als Kári in die Stadt kam, fing er sofort an, sich Arbeit zu suchen. Kári wollte gern in eine Werkstatt und Maschinenbau oder Metallbearbeitung lernen, aber überall, wo er nachfragte, schüttelte man den Kopf.

»Man rannte überall gegen eine Mauer«, sagt Kári heute, lange danach.

...

Seine älteren Brüder waren alle in die Stadt zurückgekehrt, einige Zeit, bevor ihr Vater starb.

Er ruhte auf dem Friedhof an der Suðurgata und gehörte nicht länger zum irdischen Leben.

Das gleiche ist über die Wohnung zu sagen.

Der Keller am Sjómannastígur war Geschichte. Er verschwand in sein eigenes Dunkel, seine eigene Feuchtigkeit und wurde allmählich vergessen. Großmutter klang manchmal, als hätte sie dort nie gewohnt und als wären ganz andere Jahre vergangen als die, die in Wirklichkeit vergangen waren.

Mit der Zeit verwandeln sich Leute in Historiker und säubern ihre Vergangenheit von Ereignissen wie Fische von Würmern.

Dazu ist nichts zu sagen.

Großmutter zog in die Ljósvallagata, in eine hellere und bessere Wohnung. Später wohnte sie noch an anderen Stellen, und der Zweite Weltkrieg war ausgebrochen, als sie in die Eiríksgata zog. Bevor sie dorthin zog, wohnte sie am Laugavegur und glaubte, sie werde nie in einer Straße wohnen, die nicht mit L anfängt.

Halli und Ragnar wohnten mit ihrer Mutter in der Ljósvallagata, und bald gesellten sich Ívar und Kári hinzu, später Sæunn und Gummi. Sigrún verdingte sich als Hausmädchen, als sie in die Stadt kam, aber die jüngeren Brüder Finnur, Ólafur, mein Vater, und Einar waren weiterhin auf ihren Höfen.

Dort blieben sie noch einige Zeit, zwei bis zum Krieg.

Halli festigte seine Stellung am Hafen, gab ihr all seine besten Jahre und noch mehr.

Im Laufe der Zeit bekam Halli den Spitznamen Flunder Halli, weil er einmal eine Flunder mit nach Hause zum Kochen nehmen wollte. Er band sich die Flunder um den Hals und stieg so aus dem Laderaum des Schiffes hinauf, aber da wurde der Fisch schwerer. Die Schnur straffte sich um seine Kehle. Halli hätte sich schon beinah erdrosselt, als entdeckt wurde, was zu passieren drohte: Halli bekam wieder Luft, aber die Flunder wurde konfisziert. In einer anderen Version der Geschichte soll Halli mit ihr auf dem Rücken gegangen und die Flunder fast so groß gewesen sein wie er, aber Halli war nicht so hochgewachsen wie seine Brüder und wurde mit den Jahren immer kleiner und krummer.

Halli machte Gymnastikübungen am Kai und manchmal auf dem Weg zur Arbeit vor dem Alþingsgebäude. Ívar gelang es nicht, ihn zum Vegetarier zu machen, brachte ihn aber dazu, Zwiebeln zu essen; und Halli aß Zwiebeln wie Äpfel.

Nachdem Halli aufgehört hatte zu arbeiten, hing ein großes Bild von ihm in der Cafeteria von Ríkisskip; in diese staatliche Reederei wurden Hafenarbeiter oft versetzt, wenn sie in die Jahre gekommen waren.

2

Ívar hatte an verschiedenen Orten des Landes im Straßenbau gearbeitet, bevor er in die Stadt kam, Kári aber kam auf die Bezirksschule in Laugarvatn, nachdem er sich viele Jahre auf Oddsstaðir in der Landsgemeinde Kambahreppur aufgehalten hatte.

Nach seinem Schulbesuch in Laugarvatn betrachteten die Brüder Kári als einen hochgelehrten Mann und wandten sich immer an ihn, wenn sie einen guten Rat haben wollten. Sie waren äußerst verblüfft, als Kári nicht in einer Werkstatt in die Lehre kam, und viele reagierten ebenso, als seine Sportkarriere anfing und die Leute sahen, was in ihm steckte.

Draußen herrschte weiter die Krise.

Sie hatte es nicht eilig, sich davonzumachen. Und ihr folgte die Lethargie. Leute verloren ihr Gedächtnis, und manche gingen im Kreis.

Die Märkte schlossen sich. Es gab noch weniger Arbeit am Hafen. Oft war nichts zu tun außer Kleinigkeiten. Männer gruben Gräben und füllten sie wieder auf. Die einzige Berufsgruppe, die sich vergrößerte, war die der Friseure.

Aber es nützte nichts, untätig dazusitzen.

Die drei Brüder Ívar, Kári und Ragnar gingen zusammen zum Schuppen der Arbeiter. Dort warteten sie in der Hoffnung, vor den Augen der Vormänner Gnade zu finden. Arbeitswillige Hände gab es viele.

Als der Vormann vom Hafen auftauchte, sagte Ívar: »Wir sind die Söhne von Bracker Óli. Wir sind arm.«

Der Vormann guckte Ívar an. Ívar war groß, aber so dünn, daß er, aus einem bestimmten Winkel gesehen, an einen Laternenpfahl erinnerte. Der Vormann glaubte, er schaue in die Augen eines armen Familienvaters, und die waren so zahlreich, daß es nicht möglich war, zwischen ihnen zu unterscheiden.

Als Ívar sah, daß die Aufmerksamkeit des Vormanns einen

Augenblick auf ihn gerichtet war, wiederholte er seine Worte: »Wir sind arm. Wir brauchen diese Arbeit.«

Keineswegs alle kamen so direkt zur Sache; aber so war Ívar, und das Mienenspiel, das seine Worte begleitete, unterstrich ihren Inhalt.

Jetzt aber bekamen die Brüder unerwartet Hilfe. In den Schuppen trat ein kohlschwarzer Mann mit Schirmmütze und Stoppelbart und mit ihm vier Hünen, die alle zur Teufelsgang gehörten. Das war ihr Onkel Magnús.

Magnús sagte zum Vormann: »Das sind meine Verwandten, du kannst ihnen vertrauen. Sie sind die Söhne des verstorbenen Bracker Óli.«

»Richtig«, sagte der Vormann und machte eine Kopfbewegung. »Ihr kommt mit mir.«

Magnús' Worte wogen offensichtlich schwer im Hafen. Später dankte Kári Magnús seine Hilfsbereitschaft, indem er ihn zu Boxkämpfen einlud.

Die Brüder folgten dem Vormann, und an diesem Morgen schaufelten sie Kohle.

Ívar und Kári gingen sofort an die Arbeit, Ragnar aber stand unschlüssig am Eingang. Ragnar war oft zum Arbeiterschuppen gegangen, hatte aber saubere Jobs gesucht.

Aber dann besann sich Ragnar und machte sich ebenfalls ans Schaufeln. Ragnar konnte hart arbeiten, fing aber schnell an, sich zu langweilen, wenn die Arbeit eintönig war und man nicht mit dem Nachbarn ein paar Worte wechseln konnte.

Im Laufe der Zeit wurde dies Ragnars Problem, seine Krise im Dasein, denn die Vorgesetzten wollten ihn keine anderen Arbeiten tun lassen als die, die er allein erledigen konnte. Sie gaben als Grund an, er verderbe die Arbeiter, habe einen ungesunden Einfluß auf ihre Ansichten und mache die Schiffsladeräume zu Versammlungslokalen.

Aber so standen die Dinge an diesem Tag, bei der Kohle. Beim Salz oder Zement wäre es nicht besser gewesen. Im Laufe der Zeit fing Ragnar an, die Arbeitsbedingungen zu bemängeln, Propaganda für die Kommunistische Partei und den Zukunftsstaat der Kommunisten zu betreiben.

Die Kommunistische Partei Islands betrachtete die Arbeiter am Hafen als äußerst bedeutungsvoll für die revolutionäre Entwicklung. Die Partei vertrat in Hinblick auf sie einen klaren Standpunkt. »Arbeiter!« sagte Ragnar. »Wir müssen uns zusammenschließen, um kürzere Arbeitszeiten und höhere Löhne für die Hafenarbeit zu erzwingen.«

Die Forderung der Kommunisten war, den Lohn um zwei Kronen pro Stunde zu erhöhen.

Aber Ragnar ließ es bei dieser einen Forderung nicht bewenden.

Er würzte seine Reden mit allem möglichen auf einmal: farbenfrohen Schilderungen, kraftvollen Erzählungen und verlockenden Angeboten. Jetzt fing er an, den Arbeitern, kohlpechrabenschwarz und dreckig vom Kohlestaub, zu erzählen, in Zukunft würden sie in schicken Hosen und Schuhen durch spiegelblanke Hallen gehen, ihre Kinder würden in speziellen Forschungsinstituten sitzen und die wichtigsten Rätsel des Daseins lösen. Ihr Leben werde schließlich so vollkommen sein, daß sie Gott, wenn es ihn gäbe, anrufen könnten.

Ragnars Beredsamkeit nahm unaufhaltsam zu. Die Arbeiter glaubten, hier spreche ein weitgereister, weiser Mann zu ihnen. Die Zuhörer wurden mehr und mehr. Sie glotzten mit aufgesperrten Kiefern. Schließlich waren Ívar und Kári die einzigen, die Kohle schaufelten.

Alle anderen standen da und lauschten ihrem Bruder.

Am Ende des Arbeitstages dankte man Ragnar für die Zusammenarbeit, bat ihn aber, nicht wiederzukommen.

3

Am Abend saßen die Brüder daheim in der Ljósvallagata bei ihrer Mutter und diskutierten die Sache.

»Du hast völlig recht«, sagte Kári und wandte sich dabei an Ragnar. »Das ist eine Drecksarbeit und schlecht bezahlt, aber wir können von Glück sagen, daß wir überhaupt was bekommen haben.«

»Ich laß mir nicht alles bieten«, sagte Ragnar, »und betrachte es als meine Pflicht, die Arbeiter zum Kampf für ein besseres Leben aufzufordern, egal, wohin ich komme.«

»Die Hauptsache ist, daß Geld dabei rausspringt«, sagte Ívar. »Wenn man keine Arbeit hat, kriegt man kein Geld, und wenn man kein Geld hat, ist man der Idiot.«

»Wir dürfen unserem Onkel Magnús auch keine Schande machen«, sagte Kári, »der Lohn im Hafen ist so. Wir sind für die Kohle angestellt worden und nicht, um Stühle von Haus zu Haus zu tragen.«

Aber die Folgen ließen nicht auf sich warten: Ragnar wurde gefeuert wegen Aufwiegelung, und am nächsten Tag bekamen auch Ívar und Kári nichts zu tun, weil sie seine Brüder waren.

Kapitel dreiundzwanzig

1

In Reykjavík gibt es 20 Schönheitssalons, aber nur ein kleines Asyl für Kinder, und nichts für schwachsinnige oder schwierige Kinder.

In Reykjavík gibt es 20 Kaffeebars, aber nur ein nicht vollendetes Schwimmbecken.

In Reykjavík gibt es 20 Rasiersalons, aber nur einen Sportplatz, in Wind und Wetter.

In Reykjavík gibt es 60 Großhändler, etliche Juweliere und Confiserien, aber der jüngste Trawler in Reykjavík ist acht Jahre alt.

In Reykjavík gibt es 100 Milchläden, Milchwagen und Milchkarren, aber die Reykjavíker trinken so wenig Milch wie möglich, denn die Milch kostet 42 Öre pro Liter. Die Bauern verkaufen so viel Milch, wie sie können, bekommen aber nur 16 Öre pro Liter.

In Reykjavík...

...

Flugblätter wie dieses regneten auf die Einwohner der Stadt herab.

Und dies stand in einer der Zeitungen: »Viele bleiben vor erleuchteten Schaufenstern stehen, schlendern von Laden zu Laden, bepackt mit Paketen, während andere außerhalb des Glanzes stehen und keine Arbeit haben außer Gelegenheitsjobs: Gräben graben in Sumpfgebieten, wenn Bodenfrost herrscht, Steine schleppen und ähnliche Arbeiten.«

»In Lohnfragen war die Stadtverwaltung ein Werkzeug der Arbeitgeber«, schreibt Einar Olgeirsson in seiner Broschüre: »Wer herrscht über Reykjavík und Hafnarfjörður?«

Herausgeber: Die Kommunistische Partei Islands.

...

Leute sahen riesenhafte Tatzen vor sich, und manche zitterten im Schlaf.

Die Stimmung war kritisch an diesem Novembertag in Reykjavík, als die städtischen Behörden einträchtig beschlossen, die Löhne derer, die Gräben gruben und Steine schleppten, zu senken.

Die Absicht war, höhere Ausgaben zu vermeiden. Die Stadtkasse gab nicht mehr her.

Früher in diesem Sommer, genauer gesagt im Juli, war es zu Übergriffen gekommen. Die Leute waren auf alles vorbereitet. Die meisten Stadtverordneten träumten schlecht.

Manche schliefen überhaupt nicht.

Die Zuhörerbänke im Guttemplergebäude, wo die Stadtverwaltung zusammentreten wollte, füllten sich im selben Augenblick, als das Gebäude geöffnet wurde, und die Menschenmenge draußen war nicht kleiner geworden.

Die Kommunisten versammelten sich in der Brattagata 14, flößten einander Mut ein und verteilten Schlagwaffen, schwarze Knüppel, die in Jackenärmeln und Anoraks verschwanden.

Olli und Ragnar waren bereit zur Schlacht. Sie hatten immer Schlagwaffen zur Hand, nachdem sie eines Abends überfallen worden waren.

Als sie aus Grjótaþorpið hinauskamen und sich dem Guttemplergebäude näherten, hörten sie die Rufe.

»Nieder mit der Stadtverwaltung!« rief die Menschenmenge draußen und versuchte hineinzukommen.

Das Guttemplergebäude zitterte und bebte. Es kam zum Handgemenge. In den Türen standen Polizisten und verteidigten sich mit Holzknüppeln.

Olli und Ragnar tasteten nach ihren Knüppeln. Wenig deutete darauf hin, daß sie an ihrem Platz bleiben würden.

Drinnen im Saal hörte keiner, was die Redner sagten.

»Prügel der Stadtverwaltung!« wurde gerufen.

Die Stadtverordneten waren in heller Panik. Sie schlichen hinunter in den Keller und versteckten sich. Manche machten sich durch die Hintertür davon, flüchteten zu sich nach Hause, zogen die Gardinen zu und schlossen ab.

Als die Menge entdeckte, daß die Stadtverordneten verschwunden waren, ging sie zum Angriff über und wollte sie holen.

Gleichzeitig bekam die Polizei Verstärkung. Stühle, Bänke und Tische, alles wurde zerlegt und als Schlagwaffen benutzt, aber die Polizei stürmte das Gebäude und räumte es.

Draußen stand noch die Menschenmenge. Sie rührte sich nicht vom Fleck. Der Polizeichef befahl den Leuten, sich zu entfernen, aber da niemand gehorchte, brach ein solcher Kampf aus, daß man später gesagt hat, an diesem Novembertag sei Reykjavík am Rande eines Bürgerkriegs entlanggetaumelt.

Die Schläge pfiffen durch die Luft.

Es wurde gerufen und geschrien.

Olli und Ragnar waren in Kampfstellung. Ihnen kamen Polizisten entgegen. Ragnar hob seinen Knüppel, bereit zum Zuschlagen. Im selben Augenblick bekam er einen Hieb auf den Kopf und schlug wild um sich, aber Olli empfing einen Polizisten nach dem anderen und entwaffnete sie.

Sechs Polizisten waren außer Gefecht, bis es ihnen schließlich gelang, Olli zu überwältigen, und er blieb, grün und blau geschlagen, auf der Straße liegen.

Viele Verletzte gab es auf beiden Seiten.

2

Olli sagte nie Sätze wie: »Mir geht es schlecht.«

Eher erzählte Olli die Geschichte eines Mannes, dem es vielleicht schlecht ging.

Er selbst befand sich in den Pausen zwischen den Worten, in den Zwischenräumen zwischen den Zeilen.

Meist waren es dennoch lustige Geschichten.

Olli teilte sich mit den Fingern mit, reparierte Maschinen, und in seinen Augen war viel Kraft.

Er lachte laut, liebte viel und lebte heftig.

Olli machte nie den Dreher-Gesellenbrief. Dennoch war er ein ausgezeichneter Dreher.

Er besaß nie ein Haus oder ein Auto, kam aber weit herum und schlief in vielen Betten.

Jemand hat gesagt: »Das Problem dabei, Olli zu beschreiben, ist, daß er sich selbst so gut beschrieben hat.« Manchmal hatte Olli das Gefühl, besonders wenn die Tage kurz waren, daß die Stadt und die ganze Insel sich um ihn zusammendrängten. Dann befiel ihn Fernweh, das gleiche wie damals, als er nach Hafnarfjörður hinunterspaziert war und sich im Laderaum eines Kohledampfers versteckt hatte.

Er wurde bleich und wortkarg. Die Erde bebte unter seinen Füßen. Rastlosigkeit packte ihn. Er schlief schlecht, trank und geriet in Schlägereien, manchmal mit Polizisten. Kampflustige Polizisten stürzten sich auf Olli und wollten es dem Boxer, Kommunisten und Frauenhelden zeigen, und er zahlte es mit gleicher Münze, mit Tricks und Kniffen heim.

Wenn die Rastlosigkeit Olli belastete, fuhr er zur See und bekam wieder Verbindung zur Erde, dann kehrte er zurück und begann wieder als Dreher.

Doch meistens war Olli friedlich, wenn er getrunken hatte, und Mittelpunkt jeder Gesellschaft.

Frauen scharten sich um ihn, den attraktiven Mann, und wollten in seinen Armen ruhen.

Unnur die Schöne war eine von ihnen. Sie wollte Olli haben und bekam ihn schließlich.

Olli heiratete drei Frauen. Sie alle hießen Unnur, aber nur eine von ihnen wurde Unnur die Schöne genannt.

»Unnur die Schöne, war sie schön?« frage ich Kári.

»Sagen wir mal, als sie jung war, war sie schön«, sagt Kári.

Unnur war eine hochgewachsene, schlanke Frau. Sie lebte gern und amüsierte sich wie Olli. Sie ging mit Olli auf den Sportplatz, aber sein politisches Interesse teilte sie nicht.

Als Unnur schwanger wurde, gründeten sie in einer kleinen Kellerwohnung am Grundarstígur einen Hausstand. Olli war verliebt in Unnur, aber er vergaß manchmal, nach Versammlungen nach Hause zu kommen, und wurde nie besonders häuslich.

Als ihr Sohn geboren wurde, wollte Unnur, daß sie zum Pastor gingen, um das Kind taufen zu lassen, denn Unnur war nicht nur schön, sie war auch gläubig und bat Gott, Olli zu behüten, wenn sie allein zu Hause im Dunkeln saß.

Aber Olli hatte für Pastoren wenig übrig, nannte sie Himmelsschacherer und wollte am liebsten ohne ihre Dienste auskommen. Er gab jedoch Unnurs dringender Bitte nach, unter der Bedingung, daß er den Namen des Jungen bestimmen dürfe.

Unnur fügte sich widerstrebend. Sie kannte den Witzbold in Olli und fürchtete, er werde den Jungen nach irgendeinem ausländischen Boxchampion taufen. Aber sie war wirklich bestürzt, als Olli sich mit dem Namen des Jungen auf den Lippen präsentierte: Stalin.

Der Junge sollte Stalin heißen, nach dem großen Führer. Obwohl Olli und seine Freunde Stalin schätzten, hörte sie von anderen, daß er ein böser Mensch sei, und Unnur war froh, als die Behörden sich weigerten, dieser Namensgebung zuzustimmen. Da der Junge nun einmal nicht Stalin heißen durfte, wurde er Stanley getauft.

Manchmal liebkoste Olli den Jungen, der ein Prachtjunge war und später einer der Helden des Meeres wurde. Er hatte ihn auf dem Schoß und sagte: »Kleiner Stalin, Stalin Eyjólfsson.«

Dann lachte er.

3

»Wir protestieren dagegen, daß die Bourgeoisie Geld an die Polizei und das Klassenheer des Kapitals verschwendet, und dagegen, daß die Polizei auf die Arbeiter gehetzt wird, wenn diese ihre Forderungen an die Bourgeoisie vorbringen. Wir fordern Mittel für die Verteidigungstruppe der Arbeiter.«

So steht es in der Broschüre: »Die Stadtverwaltung des Kapitals vor dem Gericht der Arbeiter, nach Björn Bjarnason«.

Herausgeber: Die Kommunistische Partei Islands.

...

Die Verteidigungstruppe der Arbeiter wurde nach den Kämpfen am Guttemplergebäude gegründet.

Man rechnete mit fortgesetzten Kämpfen, sogar mit einer Revolution.

Olli wandte sich an Grímur den Boxer und bat ihn, die Verteidigungstruppe der Arbeiter im Boxen zu trainieren.

»Gut, mein Lieber«, sagte Grímur. »Kein Problem! Je mehr boxen können, desto besser.«

»Es wird wieder Kämpfe geben«, prophezeite Olli.

»Na ja, wenn das gemeine Volk gezwungen ist, sich mit den Fäusten zu verteidigen, kann es genausogut was davon verstehen«, sagte Grímur und rieb sich die Hände.

Faustkämpfe waren das Ideal Grímurs des Boxers.

Gleich nachdem Grímur aus Kopenhagen zurückgekehrt war, nahm die Boxschule erneut ihre Arbeit auf, und Grímurs Boxschule war quicklebendig, trotz der Krise und anderer Mißhelligkeiten.

Geplant waren große Boxturniere, Vorführungen im Gamla bíó, Vorlesungen und Buchausgaben.

Die Geschichte des Faustkampfes, angefangen bei den Kretern und den alten Griechen, strömte über Grímurs Lippen, wie man unter den Kulturvölkern des Altertums mit den bloßen Fäusten kämpfte oder die Hände mit Riemen aus Ochsenhaut umwickelte, oder daß die Römer in Arenen kämpften und nicht eher aufhörten, als bis einer der Kombattanten tot am Boden lag, aber das praktizierten die Römer auch auf anderen Gebieten. Es war nicht das Boxen als solches, das die Mordlust in ihnen auslöste.

Und so dozierte Grímur weiter, wie ein Universitätsprofessor, ging ein auf Jack Boughton, den Mann, der die Boxhandschuhe eingeführt und den quadratischen Ring erfunden hatte, aber von Jack Slack besiegt worden war. Man durfte auch die Queensberry-Regeln von 1865 nicht vergessen, durch die das Runden-System eingeführt wurde.

So war die Zeit vergangen, bis kurz nach dem Ersten Weltkrieg der Stenograph Vilhelm Jacobsen isländischen Boden betrat. Er hatte sich in Dänemark aufgehalten und dort sowohl Boxen als auch griechisch-römisches Ringen gelernt.

Grímur der Boxer hielt seine Vorträge vor Studenten, Angestellten von Unternehmen, kurz gesagt, vor allen, die sich für das Boxen interessierten; und das waren viele.

Wem tut es nicht gut, Seil zu springen, die Elastizität des Körpers zu spüren und Verteidigungs- und Angriffstechnik zu lernen?

Vielversprechende Boxer schossen wie Pilze aus dem Boden.

Wenige waren jedoch so vielversprechend wie Olli und Kári. Kári und Grímur waren alte Freunde, jetzt aber trainierte Kári mit Olli in Grímurs Boxschule.

Kári trainierte auch beim KR und übte sich in mehreren Sportarten: Hammerwerfen, was später seine wichtigste Sportart wurde, Hürdenlauf und Weitsprung, Olli aber war Mitglied des Sportvereins Fram und boxte für diesen Klub, obwohl der Klub nicht über eine eigene Boxabteilung verfügte wie KR und Ármann.

Kári war kaum in seine Wohnung an der Ljósvallagata

heimgekommen und hatte die Arbeitskleidung ausgezogen, als er auch schon wieder aufbrach, zum Sportplatz am Melavöllur oder zum Oddfellow-Saal, den Grímur der Boxer gemietet hatte. Dort betrieb er seine Boxschule, in Räumlichkeiten, die ihm sein Vater Gunnlaugur durch seine Verbindungen beschafft hatte.

Olli und Kári hatten viele Boxkämpfe. Aber es hieß von ihnen, sie seien so gute Freunde, daß sie es nicht über sich brachten, sich gegenseitig zu verdreschen.

Die einzigen Abende, an denen Kári in seiner Sportausübung eine Pause machte, waren die, wenn Olli und Ragnar ihn hinunter nach Grjótaþorpið zu Versammlungen der Kommunistischen Partei Islands mitschleppten. Kári war bereit, bei einzelnen Versammlungen zu erscheinen und bei wichtigen Demonstrationen Fahnenträger zu sein. Bei rauhem Wetter bedurfte es starker Männer, um Fahnen zu tragen.

»Aber ich fiel nicht weiter auf«, sagt Kári heute, lange danach, »nicht so wie Olli und Ragnar. Die taten nachts kaum ein Auge zu und lebten ganz für diese Sache.«

Kári dachte anders: Es war nötig, die Verhältnisse der Arbeiter zu verbessern. Sie hatte für ihre Sklaverei einen menschenwürdigen Lohn verdient, und die Arbeitszeit war zu verkürzen.

Andererseits: Immer und ewig auf Versammlungen herumzuhängen und bis spät in die Nacht zu schwatzen, das war nicht »his cup of tea«.

»Sieh mal, du mußt dir klar machen, daß viele von diesen Sozialisten nur Faulenzer waren.«

Irgendwann, eines Morgens in aller Herrgottsfrühe, war Kári gerade dabei, wach zu werden und sich fertig zu machen, um hinunter zum Arbeiterschuppen zu gehen, da geht die Tür auf und Ragnar platzt herein, nachdem er die ganze Nacht mit Olli und anderen zusammengesessen und sich Erzählungen darüber angehört hat, was für ein Zauberer Stalin sei.

Das gefiel Kári nicht, und er sagte, während Ragnar sich auszog und zu Bett ging: »Du und deine Genossen, ihr seid Kommunisten mit den Händen in den Hosentaschen. Ich will auch Kommunist sein, aber ich werde nie Kommunist mit den Händen in den Hosentaschen.«

Ragnar fehlten selten die Worte, aber Kári gab ihm keine Möglichkeit zu antworten, sondern schloß die Tür und war weg.

Durch das Türenknallen ist uns zweifellos eine kernige Replik entgangen, aber Ragnar schlief wie ein Stein, als Kári unten im Schuppen der Arbeiter ankam.

Grímur der Boxer übernahm es, die Verteidigungstruppe der Arbeiter zu trainieren, die eine Art Polizei der Arbeiter sein und nach der Revolution das Polizeiwesen übernehmen sollte. Jetzt strömten ihre Mitglieder ins Oddfellow-Haus, um zu lernen, was sie können mußten: Boxen, damit der Kapitalismus seinen Knockout-Schlag einfangen konnte.

In der Verteidigungstruppe der Arbeiter waren Männer fast jeder Gewichtsklasse: Fliegengewicht, Federgewicht, Mittelgewicht, Schwergewicht: riesenhafte Kraftburschen, radikale Schuljungen, sogar Lehrer und Zollbeamte.

Lange Zeit ging alles seinen gewohnten Gang, mit Vorlesungen und Training, aber eines Abends, als die Truppe im Saal trainierte, fügte es sich, daß Mitglieder der Oddfellow-Loge in einem anderen Raum eine Sitzung abhielten.

Die Logenbrüder müssen der Ansicht gewesen sein, dies sei eine sonderbare Gesellschaft, denn nach Ende des Trainings kommt einer der führenden Männer der Loge, Großkaufmann Eggert Halldórsson, und spricht Grímur den Boxer an.

»Was geht hier vor?« fragt er.

»Das sind nur ein paar Jungens, die Boxen trainieren«, antwortet Grímur.

»Soweit ich sehe, sind Arbeiter darunter«, sagt Eggert.

»In dieser Gruppe ja, aber jeder beliebige kann Boxen trainieren. Du bist willkommen, wenn du willst«, sagt Grímur und stupst Eggert in den Bauch.

Eggert ist ziemlich wohlgenährt, ein Mann in den besten Jahren. Er guckt Grímur lange an, sagt dann aber kurz und barsch: »Du kannst dir diese Räumlichkeiten aus dem Kopf schlagen.«

4

Die Maschinenfabrik Óðinn war ebenfalls in Schwierigkeiten.

Vorarbeiter Brandur rief die Angestellten der Fabrik in der Halle zusammen und bat um Gehör.

Die Männer standen mit verschränkten Armen, schweigend.

Brandur sah aus, als sei jemand gestorben.

Man konnte eine Stecknadel fallen hören.

Die Botschaft war dieselbe wie bei der Versammlung der Stadtverordneten im Guttemplergebäude. »Wegen Einschränkung der Märkte und vorhersehbarem Beschäftigungsmangel werden die Löhne gesenkt«, sagte Brandur.

Noch immer Schweigen.

Brandur kratzte sich am Kopf und guckte seine Kollegen an. Brandur war ein schmaler Mann, eher klein, mit graumeliertem Haar, leichter Röte auf den Wangen. Er war genau und pünktlich, ziemlich zugeknöpft, aber nicht unfreundlich, wenn man zusammen mit ihm bestimmte Arbeiten verrichtete.

Das Schweigen wurde gebrochen, als Olli das Wort ergriff: »Wir haben eine Vereinbarung, und die gilt noch«, sagte er. »Du kannst uns nicht einfach in die Halle rufen und alle Vereinbarungen außer Kraft setzen.«

Es ging ein Murmeln durch die Halle. Olli hatte das Recht auf seiner Seite. Die Angestellten waren einig mit ihm.

»Da ist nichts zu machen«, sagte Brandur. »Wenn wir das nicht akzeptieren, wird die Fabrik geschlossen, und dann sind wir alle arbeitslos. Ziehen die Männer das vor?«

Manche wurden nachdenklich, aber Olli sagte: »Da hast du dich in eine Scheißsache reinziehen lassen, Brandur.«

Wieder nickten viele, aber Brandur wurde rot im Gesicht.

»Halt du nur den Mund«, sagte er zu Olli. »Ich hab eine Familie zu versorgen, aber alle wissen, daß du Kräfte vertrittst, die alles niederreißen wollen.«

Seine Stimme klang erregt.

»Es spielt keine Rolle, welche verbrecherischen Kräfte hinter mir stehen«, sagte Olli. »Wenn wir zusammenstehen, behalten wir unseren Lohn. Die haben dir vielleicht gesagt, du behältst deinen Lohn, wenn es dir gelingt, unseren zu senken, he?«

Brandurs Gesicht glich dem eines Rotbarsches, nicht aus Scham, sondern vor Wut.

»Du gehst am besten zur Geschäftsleitung«, sagte Olli, »und sagst ihnen, sie sollen ihre üblen Drohungen zurücknehmen.«

»Hört!«

Die Angestellten stimmten ihm bei.

Olli sah auf die Uhr.

»Wir geben ihnen drei Stunden«, sagte er. »Inzwischen rühren wir keinen Finger.«

»Hört! Hört!«

Aber im selben Augenblick ging das Temperament mit Brandur durch. »Du steckst bei dieser Sache dahinter, Olli«, sagte er. »Ich mache dich verantwortlich, obwohl du ein völlig verantwortungsloser Mensch bist, Trunkenbold und Kommunist.«

Brandur hatte manchmal Freunde und Verwandte von Olli bei der Fabrik auftauchen sehen, wenn er seinen Lohn bekam, und sie mit ihm in die Stadt gehen sehen. Olli gab seinen Lohn aus und war denen, die ihm dabei halfen, äußerst dankbar. Olli war ein großzügiger Mensch. Er war hervorragend in Sport und Politik, stürzte sich aber nichtsdestoweniger gern ins Vergnügungsleben.

Olli guckte Brandur an. »Ich frag dich nicht um Erlaubnis, was ich außerhalb meiner Arbeitszeit mache«, sagte er, und jetzt regte auch er sich auf.

»Ich befehle euch allen, wieder an die Arbeit zu gehen!« rief Brandur.

Keiner rührte sich.

Jetzt ging Olli zu Brandur, nahm ihn auf den Arm und

hielt ihn wie ein kleines Kind. Brandur zappelte in Ollis Armen, schrie und zeterte. Die Angestellten waren sprachlos.

»Weißt du, was man mit unartigen Kindern macht, die ihre Klasse verraten?« sagte Olli und guckte Brandur in die Augen.

»Laß mich los! Laß mich los!« rief Brandur. »Das wirst du noch bereuen!«

Das, was jetzt passierte, sollte so etwas wie eine Volkssage werden. Sie wurde überall in der Stadt erzählt. Die oberste Heeresleitung in Spanien hörte sie später, und von dort aus wurde sie von den Freiwilligen über die ganze Welt verbreitet.

Olli zog Brandur die Hosen herunter, fesselte ihn mit der Unterhose und verhaute ihm den nackten Hintern, ließ ihn dann aber gehen.

Brandur befreite sich von der Fessel, zog die Sachen an und lief wie ein wildes Tier durch die Maschinenfabrik.

Manche glaubten, er sei dabei, den Verstand zu verlieren, aber dann ging er direkt auf Olli zu. »Du bist gefeuert! Jetzt! Verschwinde sofort!« schrie er.

Olli gehorchte. Er drehte sich um und verschwand.

Die Lohnsenkung wurde verschoben.

Es vergingen ein paar Tage.

Plötzlich ging alles drunter und drüber. Die Maschinenfabrik Óðinn mußte nicht nur der Einschränkung der Märkte und vorhersehbarem Beschäftigungsmangel ins Auge sehen: Werkzeuge und Maschinen versagten.

Da fiel es den Leuten auf, daß es Olli war, der Maschinen repariert und Werkzeuge instand gesetzt hatte, mit denen niemand sonst klar kam.

Diese Geschichte wiederholte sich lange danach, als Olli mit einem großen Frachter auf dem Stillen Ozean herumfuhr und befördert wurde. Ollis Arbeit dort war die Reinigung der Maschinen, und er rangierte am niedrigsten von allen, während die Offiziere betresste Uniformen trugen und die Maschinisten nach ihrer Rangfolge numeriert waren. Als es zu einem Maschinenschaden kam, standen alle betreßten Uniformierten ratlos da, und die numerierten Maschinisten ebenso. Da sagte Olli: »Ich kann das Stück, das fehlt, machen, aber wenn ich das tue, habe ich nicht mehr den niedrigsten Rang. Dann esse ich wie ihr und bekomme Dienstmütze und Nummer.«

Als Direktor Grétar in der Maschinenfabrik auftauchte und sah, wie die Dinge lagen, sagte er: »Ist einfach alles kaputt gegangen? Wo ist Olli?«

Die Angestellten guckten Brandur an.

Manche grinsten.

»Ich hab ihn gefeuert«, sagte Brandur und senkte den Blick.

Grétar guckte Brandur an. Er wunderte sich. »Du hast Olli gefeuert?« sagte er. »Weswegen?«

»Sein Auftreten war nicht zu tolerieren«, sagte Brandur.

»War er betrunken?« sagte Grétar.

»Nein, er hat mich verhauen«, sagte Brandur.

»Er hat dich verhauen?« sagte Grétar. »Unglaublich! Dieser Satansbraten! Aber ich hätte ihn trotzdem nicht gefeuert, nicht mal, wenn er mich verhauen hätte.«

Kapitel vierundzwanzig

1

Sigrún zog in die Stadt in dem Jahr, nachdem Ólafur, ihr Vater, gestorben war. Sie war, wie schon erwähnt, als Hausmädchen bei einer Dame in der Stadt, kam aber oft zu Besuch bei ihrer Mutter und ihren Brüdern in der Ljósvallagata.

Mutter und Tochter beschlossen eines Tages, hinaus zur Grandavör zu gehen und Sigrúns Großmutter zu besuchen. Sigrún sehnte sich danach, ihre Großmutter und Namensschwester zu sehen. Jetzt, nachdem Haraldur die Bühne verlassen hatte, wohnte sie allein in dem Torfhaus.

Mutter und Tochter gingen durch die westlichen Stadtteile. Wie hatte sich doch alles verändert, seit Sigrún ein kleines Mädchen gewesen und durch diese selben Straßen gegangen war, um ihre Großmutter zu sehen und ihr Rücken und Schultern zu schrubben.

Sie näherten sich der Küste. Umfangreiche Anlagearbeiten waren an den Landeplätzen durchgeführt worden. Man hatte Gestein ins Meer gewälzt und dazwischen aufgefüllt. Das, was um die Jahrhundertwende Küste genannt wurde, lag plötzlich weit im Binnenland.

Die Bootsschuppen an den Landeplätzen gehörten zur Geschichte, die Trockenplätze ebenso, und die Torfhöfe waren nahezu verschwunden. Der Hügel, den Haraldur gerodet hatte, lag wieder brach, die Beete waren nicht mehr angelegt. Dort wuchsen weder Kartoffeln noch Rüben.

Das Torfhaus selbst ist kurz vor dem Zusammenbruch: die Steinwand am Eingang ein Steinhaufen, und die schiefen

Stützbalken hängen nur noch aus alter Gewohnheit zusammen.

In dem Augenblick, als Sigrún und ihre Mutter das Torfhaus betreten, verschwinden sie in eine lange vergangene Zeit. Das Haus ist noch altertümlicher, als Sigrún sich hat erinnern können, und Sigrún, ihre Großmutter und Namensschwester, ist alt und hinfällig geworden. Sie weiß nicht mehr, in welchem Jahrhundert sie sich befindet.

Sie sitzt aufrecht und wiegt den Oberkörper, wie eine Wahrsagerin, die in der Ewigkeit Platz genommen hat. Das grobe Gesicht ist von Runen durchfurcht, das graue Haar verfilzt. Sie beschimpft nicht mehr die Landstreicher und das Pack, denn niemand läßt sich mehr blicken außer ihren Töchtern und Söhnen.

Wenn sie mit Leuten redet, sind die meist schon lange tot.

»Guten Tag, Großmutter«, sagt Sigrún.

Ihre Großmutter sagt etwas, aber weder Sigrún noch ihre Mutter können verstehen, was. Sie haben sich kaum gesehen, seit Sigrún mit dem Auto nach Seylukot in der Landgemeinde Kambahreppur gefahren wurde, und jetzt erkennt sie sie, ihren Augenstern, nicht wieder.

Leute fahren nicht nur anderswohin, sie verschwinden auch aus sich selbst.

Sie saßen eine gute Weile zusammen, aber die Vergangenheit zeigte sich nicht, nicht die, die sie gemeinsam hatten.

»Sie spricht ziemlich komisch«, sagte Sigrún nachher zu ihrer Mutter.

Ihre Großmutter Sigrún war senil geworden und kam kurz darauf ins Altersheim. Sie wußte nie, wo sie war, verstand nicht, zwischen welchen Wänden, bis zu einem Morgen, an dem sie sich aufsetzte, aufmerksam lauschte und sagte: »Das Meer ist verstummt.«

Das waren ihre letzten Worte.

2

An diesem Punkt in der Geschichte kann man mit einem gewissen Recht sagen, daß zwei Herren, zwei höhere Mächte, über das Heim der Familie herrschten: Gott und Stalin. Wobei Stalin insofern besser war als Großvater, als er nicht trank; zumindest nicht daheim.

Ragnar kochte gut und gern Kaffee, und dem Lebensgras folgten oft lebhafte Diskussionen. Die Brüder waren mit Ragnar in den meisten Fragen einig, zumal es schwierig war, mit ihm uneinig zu sein, und ihre Kameraden waren derselben Meinung.

Es war vor allem Ívar, der über andere Themen nachdachte, zum Beispiel Gesundheitsfragen. Ívar arbeitete oft in schmutzigen Bereichen, entfernte Ruß aus Schornsteinen und Tanks und war eine Zeitlang Heizer auf einem Trawler, stand verschwitzt im Feuerschein und schaufelte Kohle in den Rachen der Maschine, aber Ívar hatte keine kräftige Konstitution. Er war oft bettlägerig, hustete und magerte ab bis auf die Knochen.

Die Ärzte wußten keine Lösung. Ívar sah auch auf die Kosten. Er wollte das Geld, für das er so hart gearbeitet hatte, nicht an Ärzte verschwenden. Ärzte sollten gern Geld verdienen, aber nicht an ihm. Ívar beschloß, sein eigener Arzt zu sein.

Er fing an, im Skerjafjörður Seebäder zu nehmen, spazierte von der Ljósvallagata hinaus zum Skerjafjörður. Dort watete er ins Meer, das heilsame Meer. Es schien ihn gesund zu machen, zusammen mit Tang und Algen, denn bei schlechtem Wetter, wenn Ívar nicht im Meer baden konnte, begannen die Beschwerden erneut.

Da besorgte sich Ívar Flaschen, Kanister und allerlei andere Behälter. All diese füllte er mit Meerwasser und goß es über sich, wenn er bei schlechtem Wetter nicht ins Wasser konnte. Dann wurde Ívar mit der Zwiebel und ihrer magischen Kraft bekannt und fing an, die Theorien der Naturheilkundler zu studieren.

Ívar las die Gesundheitszeitschrift *Heilbrigði,* die die Naturheilkundler herausgaben. Er schloß sich den Theorien von Ari Verland an, eines Mannes, der aus Schweden stammte. Ívar vertrat Ari Verlands Lehre von einem gesunden Leben im Einklang mit der Natur. Er riet seinen Brüdern und seiner Mutter, im Meer zu schwimmen und Zwiebeln zu essen.

All das war gut und richtig, aber egal, ein wie kluger Mann Ari Verland auch gewesen sein mochte, er war ein Knirps neben Josef Stalin. Josef Stalin regierte den Staat mit der größten Fläche der Welt und war der größte Mann, der auf der Erde lebte. Er lehrte alte Bauern Traktor fahren, elektrifizierte ganze Landstriche und winkte den Massen zu.

Guðný fand oft, daß ihr Sohn Ragnar Stalin auf den Thron Gottes setzte. Dort gehörte er nicht hin, egal, was für ein großer Mann er war. Kein Mensch kam mit den Zehen dorthin, wo Gott seine Fersen hatte, denn Gott gab seinen eingeborenen Sohn, auf daß alle, die an ihn glauben, nicht verloren werden, sondern das ewige Leben haben, aber Stalin war nur ein Mensch und mußte deshalb eines schönen Tages sterben wie andere Menschen.

Jetzt hatte Ragnar seine zweite Kanne Kaffee aufgebrüht.

Der Kaffee war kochendheiß und äußerst stark.

Das war ein Lebensgras, das schmeckte. Später, im Bürgerkrieg in Spanien, erinnerte sich Ragnar an diese Kaffeestunden, wenn er und andere Soldaten des republikanischen Heers an Eisenbahnschienen saßen, gebrochen, verletzt und müde, und nichts zu essen hatten außer ein paar steinharten Keksen.

»Dann dachte ich«, sagte Ragnar später, »wenn ich nur Wasser hätte. Dann würde ich den Rost von den Schienen kratzen und ihn in Wasser tun. Dann hätte es die Farbe von Kaffee, zwar dünnem Kaffee, aber trotzdem Kaffee...«

Aber jetzt saß er daheim am Küchentisch in der Ljósvallagata. Er trank Kaffee, und die Diskussion war im Gange.

Seine Mutter hatte das Wort: »Die kommunistische Idee ist ausgezeichnet, glaube ich, aber nur im Geiste Jesu Christi. Ich will, daß die Menschen gleich sind und die Welt mit Gott und Jesus besitzen. Wenn Gott in den Herzen der Menschen ist, können sie sich vereinen, aber vorher nicht.«

»Das ist genau das, was Stalin denkt«, sagte Ragnar. »Er formuliert es nur anders und will, daß wir auf der Erde tun, was Gott im Himmel tut.«

»Mag sein, daß Gott Sozialist ist«, sagte seine Mutter, »aber er ist auch Gott. Das dürfen wir nicht vergessen.«

Sigrún war gerade zu Hause, als diese Diskussion geführt wurde. Sie hatte sich von keiner Lehre einfangen lassen, weder während ihres Aufenthaltes auf Seylukot noch nach ihrem Umzug in die Stadt. Der Kommunismus war für sie ein verschlossenes Buch. Es war ihr zum Beispiel eine unmögliche Vorstellung, daß die Leute auf Seylukot sich einer kollektiven Landwirtschaft anschlossen oder in einer öffentlichen Kantine, vielleicht weit weg in dem Ort Selfoss, aßen. Sigrún schloß auch nicht aus, daß sie Ari Verland für einen sympathischeren Menschen hielt als Josef Stalin.

»Stalin«, sagt sie und wendet sich dabei an Ragnar. »Was ist so bemerkenswert an diesem Stalin?«

»Er ist der Mann des Volkes«, sagt Ragnar.

»Und was ist so volkstümlich an ihm?« fragt Sigrún.

»Er trägt keine Krawatte«, sagt Ragnar.

»Das war einfach wie jeder andere Unsinn«, sagt Sigrún heute, lange danach. »Nein, das kannst du mir glauben, ich war nicht für diesen Kommunismus. Meine Freundin Hildur war eine glühende Kommunistin, und sie wollte, daß ich es auch werde. Da hab ich zu ihr gesagt: ›Was meinst du eigentlich mit Kommunismus? Was ist Kommunismus?‹

Da hat sie gesagt: ›Kommunismus, das ist, wenn du zwei Kronen hast und mir eine abgibst.‹

Ich habe sie nicht gefragt, was sie mit dieser Krone machen wollte, und sie hatte auch keinen großen Bedarf an Kronen,

Hildur. Sie wohnte in einem sehr feinen Haus, und es fehlte ihr an nichts. Ihrem Vater gehörte ein ganzer Häuserblock, in dem alte Leute zur Miete wohnten. Hildur brachte all die alten Leute dazu, die Kommunistische Partei zu wählen.

Sie redete mit Engelszungen, das gebe ich zu. Sie hatte Talent.

Aber dann fügt es sich, daß ein junger Mann in die Partei eintritt, und er macht sie an, und ehe sie sich's versieht, sind sie im selben Bett gelandet, aber dann stellt sich heraus, daß er Fortschrittsparteiler ist und ins Alþing kommt und all das. Da war Hildur genötigt umzusatteln, und bei der nächsten Wahl ging sie wieder zu den alten Leuten und brachte sie dazu, die Fortschrittspartei zu wählen.

Ich habe sofort gesehen, daß der Kommunismus reiner Unsinn war, und brauchte kein Examen, um dieses Zeug zu durchschauen. Ich konnte nicht verstehen, was los war mit diesen Jungen wie meinem Bruder Ragnar und Olli, der Attraktivität in Person. Da latschen sie einfach raus in die Welt und fangen an, sich zu schlagen wie Idioten.«

3

Jetzt, nachdem Olli nicht mehr in der Maschinenfabrik Óðinn arbeitete, ging er mit Ragnar zum Hafenarbeiterschuppen. Dort standen sie und warteten, als ein Mann eintrat, Großhändler Pétur.

Pétur späht um sich, sieht Olli und Ragnar und gibt ihnen ein Zeichen, zu ihm zu kommen. Pétur ist etwa gleichaltrig mit ihnen. Er ist elegant gekleidet, trägt Anzug und Mantel und Brillantine im Haar.

»Ich brauche Männer für einen Transport«, sagt Pétur.

»Wir sind die Männer, die du suchst«, sagt Ragnar.

Pétur guckt sie an. Das sind kräftige Burschen. Er sieht auf die Uhr und gibt ihnen ein Zeichen, ihm zu folgen. Sie gehen auf einen Speicher zu, wo ein Auto wartet.

»Seid vorsichtig. Da sind Vasen und Geschirr drin«, sagt Pétur.

Pétur nimmt hinter dem Lenkrad Platz, und Olli und Ragnar füllen das Auto mit Kisten. Dann fahren sie zu einem Haus in der Garðastræti. Olli und Ragnar leeren das Auto. Sie tragen die Kisten Stufen und Treppen hinauf und in einen großen Raum, das Lager der Großhandelsfirma.

Ragnar fühlte sich wohl bei solchen Arbeiten. Manchmal traf er gesprächige Menschen, aber nicht diesmal. Pétur sprach sie nicht an, sondern setzte sich ins Büro. Olli und Ragnar beendeten die Arbeit nach zwei Stunden.

Die Lohnvereinbarung besagte, daß Arbeiter, die für derartige Gelegenheitsarbeiten angestellt wurden, für einen halben Tag bezahlt werden sollten, auch wenn die Arbeit weniger Zeit erforderte.

Pétur hatte nichts weiter zu tun, als die beiden Burschen zu bezahlen. Dann war er sie los. Er stand vom Schreibtisch auf, sah auf die Uhr und ging zu ihnen.

»Zwei Stunden«, sagt Pétur.

»Nein«, sagt Ragnar, »du bezahlst uns fünf Stunden.«

»He? Fünf Stunden!« sagt Pétur. »Fünf Stunden zusammen?«

»Nein, mir fünf Stunden und ihm fünf Stunden«, sagt Ragnar und deutet auf Olli.

Olli verzieht das Gesicht, dreht sich um, zündet sich eine Zigarette an und sieht aus dem Fenster.

»Ich glaub, du bist nicht bei Trost«, sagt Pétur.

»So ist die Lohnvereinbarung. Ich bin nicht weniger bei Trost als die.«

»Lohnvereinbarung!« sagt Pétur und kichert. »Richtet sich jemand nach der?«

»Nein, allzu wenige«, sagt Ragnar, »aber wir können den Plunder genausogut nehmen und wieder zurückfahren.«

»Du bist vielleicht gut«, sagt Pétur. »Ihr seid doch nur Arbeiter.«

»Arbeiter«, sagt Ragnar und deutet auf Olli. »Das ist Eyjólfur Jóhannesson, der Boxer. Weißt du, wer das ist?«

»Ich sehe nicht, daß mich das was anginge«, sagt Pétur.

»Wir nehmen den Plunder, oder du bezahlst, was wir verlangen«, sagt Ragnar.

Jetzt gab Pétur nach. Er guckte die beiden großen Männer an, und später, als er ein Bild von ihnen in Uniformen aus dem Spanischen Bürgerkrieg sah, dankte er seinem Glück dafür, daß er nachgegeben hatte. Als Pétur die Brieftasche öffnet und das Geld für sie zusammenzählt, sagt Ragnar: »Du kannst dankbar sein, daß du bezahlen darfst und mit dem Leben davonkommst.«

»Daraus hab ich gelernt«, sagte Pétur lange danach, »und war dankbar dafür, daß ich meine Leute bezahlen durfte und mit dem Leben davongekommen bin. Das ist eine wunderbare Regel.«

4

»War Kári ein guter Boxer?« frage ich Sigrún.

»Davon versteh ich nichts«, sagt sie. »Ich bin einmal hingegangen, um ihn boxen zu sehen, und da hörte ich Leute rundherum sagen: ›Kári, der ist nicht hart und rücksichtslos genug‹, und das muß man sicher sein, hart und rücksichtslos, wenn man dazu imstande sein will, einander zu schlagen.«

. . .

Kári verdingte sich in dem Sommer vor dem Boxturnier als Saisonarbeiter. Er hatte verschiedene Gelegenheitsarbeiten gehabt, sah aber, daß in Annoncen nach Saisonarbeitern für die Heumahd gesucht wurde. Interessierte wurden gebeten, sich in einem bestimmten Zimmer in einem Haus in der Hafnarstræti einzufinden.

Der Mann, der dort saß, war kein anderer als Valdimar auf Breiðabol. Er war Alþingabgeordneter für die Bauernpartei. Valdimar galt nichtsdestoweniger als lausiger Landmann, aber er war ein großer Frauenheld. Frauen verfielen ihm. Erzählt wurde von einer, die gesagt hatte, sie werde sich von ihm ein Kind machen lassen, und so geschah es.

Als Kári ins Haus kam, begegnete ihm auf der Treppe ein Mann. Der Mann war um die vierzig. Kári klopfte an die Tür. Valdimar bat ihn herein.

»Gab's da nicht diese Annonce, wegen Saisonarbeitern?« sagt Kári.

»Doch«, sagt Valdimar, »aber ich will nur erwachsene Männer.«

»Wie?« sagt Kári. »Du willst nur Nichtstuer.«

»Ich habe gerade einen ausgezeichneten Mann eingestellt«, sagt Valdimar.

»Mir ist auf der Treppe ein alter Mann begegnet«, sagt Kári.

»Hör mal, du hast eine ziemlich große Klappe«, sagt Valdimar.

»Wie hoch ist der Lohn bei dir?«

»45 Kronen«, sagt Valdimar.

»Du kriegst mich für 55«, sagt Kári.

»Bist du geübt in der Heumahd?« fragt Valdimar.

»Ja«, sagt Kári.

»Wie kann ich das sehen?«

»Du mußt mir vertrauen.«

»Warum sollte ich dir vertrauen?«

»Ich habe noch nie mein Wort gebrochen«, sagt Kári.

»Das ist ja mal etwas Neues. Ein Mann, der sein Wort nicht bricht. Ich bin seit vielen, vielen Jahren im Alþing. So ein Mann ist mir noch nie begegnet.«

Später sagte Valdimar: »Kári sah nicht aus wie ein Arbeitspferd, aber er leistete so viel wie vier Mann.«

Als Kári Heu fürs Sauerfutter schlug, konnten die anderen Arbeiter nicht mithalten. Er schaffte zwei Feime, während der Mann, dem er auf der Treppe begegnet war, nur einen schaffte.

»Er war so ein Durchschnittsarbeiter«, sagt Kári, »aber ein guter Kamerad.«

Später im Sommer gingen Kári und Valdimar daran, Riedgras zu schlagen. Die Halme reichten Kári bis zur Taille. Kári schlug, während Valdimar zusammenrechte. Das Heu wurde zu Feimen aufgeschichtet, und man bestellte einen Lastwagen, um sie in die Hauptstadt zu bringen.

Der Wagen fuhr zwei Touren, und für diese beiden Ladungen bekam Valdimar mehr als Káris gesamten Sommerlohn.

»Du warst kein falscher Fünfziger«, sagte Valdimar, als sie sich verabschiedeten.

Im nächsten Sommer wollte er Kári wieder haben, aber da war Kári zur See gefahren.

Kári hatte auf einem Trawler angeheuert, kurz bevor das Boxturnier begann. Jetzt war Grímur in seinem Element. Man hatte vor vollem Haus Vorführungen und Kämpfe veranstaltet, aber die Kämpfe trafen auf harte Kritik in den Zeitungen, die schrieben, das Boxen gleiche eher Schlägereien als Sport. Grímur der Boxer pfiff auf diese Kritik.

Jetzt aber stand das erste reguläre Boxturnier vor der Tür. Gekämpft wurde um den Titel des isländischen Meisters in allen Gewichtsklassen, und es endete damit, daß Olli und Kári im Schwergewichtsfinale gegeneinander kämpften.

»Ich war fest entschlossen, da heil rauszukommen«, sagt Kári, »denn ich hatte jetzt Heuer auf einem Trawler.«

Es war ein gleicher Kampf, aber schließlich gewann Kári, bekam eine Goldmedaille und wurde der erste isländische Meister im Schwergewicht.

Zeitgenössische Quellen berichten, dem Kampf hätten dreitausend Personen beigewohnt, aber als ich Kári frage, was er schätze, wie viele es gewesen seien, sagt er: »Ich glaub, da war absolut kein Mensch. Ich erinnere mich nicht, ob das Ganze überhaupt annonciert war.«

Fünfter Teil

Kapitel fünfundzwanzig

1

»Meinst du nicht, daß sie daran geglaubt haben, daß sie siegen würden?« frage ich Kári.

»Natürlich haben sie felsenfest daran geglaubt«, sagt Kári, »und das wäre wohl auch so gekommen, hätten nicht die Italiener und die Deutschen sich eingemischt und den Faschisten geholfen.«

Ich: »Aber es gab auch interne Streitigkeiten unter den Republikanern, die ihre Kräfte abgelenkt haben.«

Kári: »Ja, das ist einfach so wie immer bei den Linken, ein Idiot folgt auf den anderen.«

...

Der Bürgerkrieg in Spanien brach im selben Jahr aus, als der Boxkampf auf dem Melavöllir stattfand: Kári fuhr auf dem Trawler und lernte die Seekrankheit kennen, und Olli zog in den Krieg und lernte die Schützengräben kennen.

Die Führer der Kommunisten hielten donnernde Reden und spornten junge Männer in der Partei an, ihre Kräfte zur Verfügung zu stellen und sich als Freiwillige für den spanischen Krieg zu melden.

Die Führer der Kommunisten stellten Vergleiche mit den anderen nordische Ländern an. Aus Dänemark, Norwegen, Schweden und Finnland strömten Freiwillige auf das Schlachtfeld.

Die Führer redeten, als wäre man dabei, Vertreter zu einer

Sportveranstaltung zu entsenden, zu Olympischen Spielen der Freiheit, bei denen tödlich Verletzte wieder zum Leben erwachten, weil das Feuer des Idealismus in ihrer Brust nicht erlosch.

Jetzt kam es an auf die internationale Solidarität, auf den Beistand der Arbeiter.

Was wollten die Faschisten? Sie beabsichtigten, dieses schöne Land den Händen der Volksfront, der republikanischen Regierung, zu entreißen. Das unterdrückte Volk erhob sich, der Boden wurde an Bauern verteilt, und Fabriken wurden sozialisiert. Weit und breit im Lande wußte niemand, wer regierte.

Die Faschisten wurden unterstützt von Deutschland und Italien. Deren Flugzeuge flogen wie Vögel über Dörfer und Städte und legten über ihnen Eier, die funkenstiebend explodierten.

»Das Volk ruft«, donnerte Einar Olgeirsson, daß es im Versammlungssaal widerhallte. »Der Faschismus wird besiegt werden. Das Blut der Märtyrer fließt nicht vergebens. Es befeuchtet nur die Äcker und wird am Ende die Büttel ertränken. Junge, tapfere Männer aus der ganzen Welt ...«

Die Herzen hämmerten in der Brust der jungen Männer. Manche senkten den Kopf. Alle waren nachdenklich. Olli und Ragnar waren entflammt durch die Sprachgewalt des Redners. Jedes Wort traf sie. Olli stieß Ragnar an. War das nicht etwas für sie? fragten seine großen, tiefen Augen.

Weshalb hingen sie hier herum, wenn dort die Revolution wartete? Was hatte die isländische kapitalistische Gesellschaft jungen Menschen anderes zu bieten, als den nächsten Regenschauer zu überstehen?

Olli und Ragnar wandten sich an Einar Olgeirsson.

»Wir haben nichts zu verlieren«, sagte Olli.

»Ihr beiden wärt wie ein ganzes Regiment«, sagte Einar, »der Partei zur Ehre und dem ganzen isländischen Volk.«

Olli sah Ragnar an. Ragnar nickte.

Rasch wurde fest verabredet, daß Eyjólfur Jóhannesson

und Ragnar Ólafsson sich als Freiwillige meldeten, zur Rettung der spanischen Republik.

2

Der dritte Kommunist, der sich als Freiwilliger meldete, hieß Arnfinnur Arnfinnsson.

Arnfinnur war nicht auf Island, als er seine Entscheidung traf, sondern studierte an einer Parteischule in Moskau.

Arnfinnur war Idealist. Er war ein Kommunist, wie Kommunisten im Buche stehen: Die Augen glühten vor Enthusiasmus, die Stirn blitzte vor Begabung, das Gesicht war wolkenlos und klar.

Er war, sagte man, ein guter Mensch und lebte und starb für seine Ideale.

...

Ragnar durchquerte auf dunklen Straßen die westlichen Stadtteile.

Er guckte zu den Sternen, die am Himmel funkelten. Sein Vorhaben war ebenso klar. Es gab nur eines, was ihn aus dem Konzept brachte: Wie sollte er das seiner Mutter erklären?

Aber das war einfacher, als er geglaubt hatte. Er ergriff die Gelegenheit am nächsten Abend, als seine Brüder nicht zu Hause waren: Kári war beim Training, Ívar bei einem Vortrag über Naturphilosophie und Halli noch nicht von der Arbeit heimgekommen.

Ragnar brühte äußerst starken Kaffee auf. Mutter und Sohn saßen zusammen. Ragnar guckte seine Mutter an und sagte: »Mama, ich will in den Krieg ziehen.«

»Nanu«, sagte Guðný. »Ich habe bis jetzt nichts anderes bemerkt, als daß du im Krieg bist.«

»Nein«, sagte Ragnar, »jetzt ist es ein wirklicher Krieg. Ich will aufs Schlachtfeld, nach Spanien. Ich will mit den Republikanern gegen die Faschisten kämpfen.«

»Nach allem, was ich von dir gehört habe, gibt es genug

Faschisten hier in der Stadt«, sagte seine Mutter. »Mußt du bis ganz nach Spanien fahren, um sie zu verfolgen?«

»Hier sind sie geschützt«, sagte Ragnar, »wie Vögel.«

»Ragnar«, sagte seine Mutter. »Und du bist sicher, daß du über diesen Schritt genug nachgedacht hast?«

»Ja«, sagte Ragnar. »Das spanische Volk ruft um Hilfe. Wir, Olli und ich, fahren beide.«

Noch bewahrte Guðný die Ruhe. Sie wußte, daß Ragnar meinte, was er sagte, und am nächsten Tag, als sie am Bráðræðisholt anfing, Fisch zu waschen, hatte sie das Gefühl, dieses Gespräch hätte früher einmal stattgefunden, im Traum oder in einer anderen Dämmerung des Geistes, und sie machte sich klar, daß es hier kein Zurück gab, obwohl nichts mehr so sein würde wie zuvor.

3

Aber bis zum Schlachtfeld kommen: Das war nicht so wie später, als Onkel Halli anfing, seine Reisen in die Sonne zu machen, und ins nächste Reisebüro ging, wo lächelnde Männer in weißen Hemden saßen und farbenprächtige Broschüren mit Bildern von Hotels und Badestränden zeigten.

Verklýðsblaðið, die Zeitung der Kommunisten, hatte über Ollis und Ragnars Vorhaben berichtet. »Heldenmütige Solidarität gegen die Faschisten«, lautete die Überschrift. Man publizierte ein Bild der beiden Genossen und bezeichnete sie als echte Kämpfer.

Niemand weiß, was die Ursache war, ob es dieser Bericht war oder irgend etwas anderes, aber plötzlich war es, als wären alle Wege aus dem Lande verschlossen. Olli und Ragnar konnten erst an Bord eines Schiffes gehen, als es der kommunistischen Führung gelungen war, sie an einer Fuchszüchterschule in Norwegen einzuschreiben.

Als die Mitteilung kam, begab sich Olli eilig nach Hause an den Grundarstígur. Unnur wunderte sich über seine Hast. Sie ging mit Stanley im Zimmer umher. Olli packte ein paar Kleinigkeiten in einen Reisesack, ging zu Unnur und nahm Stanley auf den Arm.

Er sah dem Jungen in die Augen, küßte ihn und legte das plappernde Kind auf den Boden.

Danach ging er zu Unnur und umfaßte hart ihre Taille. Er sah ihr in die Augen. Die waren groß und verzaubernd. In ihnen brannte ein Feuer, das Olli heiß durchfuhr, vom Scheitel bis zur Sohle. Olli umarmte Unnur und küßte sie. Es war ein langer, leidenschaftlicher Kuß. Sie seufzte.

Olli sah ihr lange in die Augen und sagte dann: »Vielleicht siehst du mich wieder, vielleicht nicht. Das hängt von der Kampflage ab.«

»Kampflage?« sagte Unnur und zog sich erstaunt von ihm zurück. »Wovon redest du, Eyjólfur?«

Unnur las weder das Organ der Kommunisten, noch verfolgte sie das Weltgeschehen, und Olli hatte sich nicht früher als jetzt die Mühe gemacht, ihr zu sagen, was bevorstand.

»Ich gehe nach Spanien, um zu kämpfen«, sagte Olli. »Wir, Ragnar und ich, haben auf eine Fahrgelegenheit gewartet.«

»Nach Spanien!« sagte Unnur, und ihre Verwunderung wuchs. »Will Grímur der Boxer jetzt auch da Boxkämpfe veranstalten?«

»Nein, du verstehst nicht«, erklärte Olli. »In Spanien ist ein Mann, der heißt Franco. Ich habe mir vorgenommen, ihn zu erschießen. Dann komme ich zurück und liebe dich so heiß wie vorher.«

Unnur war sprachlos. Sie begrub das Gesicht in den Händen und weinte. Olli ging zur ihr, küßte sie auf den Mund und sagte: »Weine nicht, Unnur, das Schiff fährt gleich.«

»Aber, Olli«, sagte sie mit gebrochener Stimme. »Wie sollen wir zurechtkommen?«

»Du findest schon irgendeinen Ausweg«, sagte Olli. »Ich bin zu höheren Aufgaben berufen worden, wie die Spiritistenärzte.«

Olli nahm Stanley hoch, küßte ihn und reichte ihn Unnur.

Dann war er weg.

Zurück blieb Unnur, mit dem kleinen Stanley auf dem Arm und erneut schwanger.

Guðný und Ragnar standen am Kai und redeten miteinander, als Olli kam. Olli hielt sich eine Weile fern, sagte dann aber: »Hab keine Angst, liebe Guðný. Ragnar und ich passen aufeinander auf.«

Sie küßte beide. Das Schiff löste die Trossen, und sie verließen das schneebedeckte, vereiste Land.

4

Die Quellen berichten nichts über Ollis und Ragnars Ausbildung zu Fuchszüchtern bei den Norwegern, aber die beiden lernten den Gebrauch von Schußwaffen in einem Trainingslager gleich südlich von Oslo.

Dann reisten sie weiter nach Kopenhagen, besuchten dänische Kommunisten und Boxer, mit denen Grímur korrespondierte.

Grímur hatte fünf Boxern geschrieben, die er persönlich kannte, und sie gebeten, diese seine Freunde zu empfangen und ihnen das Nachtleben der Stadt zu zeigen, bevor sie sich als wahre Kämpfer aufs Schlachtfeld begaben.

Die Boxer erwiesen sich als gute Fremdenführer, gingen mit ihnen kreuz und quer durch die Stadt und verabschiedeten sie herzlich auf dem Kongens Nytorv.

Von Kopenhagen aus fuhren Olli und Ragnar mit dem Zug nach Paris. Dort mieteten sie in einer Pension ein billiges Zimmer und spazierten zusammen durch die Stadt, diese bedeutende Metropole, die ohne Zweifel Grímsby in nichts nachstand.

Straßenbahnen rasselten durch die Straßen, Verliebte gingen lächelnd Hand in Hand. Überall lag Kaffeeduft in der Luft. Sie ließen sich in einem Straßencafé im Quartier Latin nieder und hatten irgendwie das Gefühl, daß die Welt ihnen gehörte.

Ragnar betrachtete sein Weinglas auf dem Tisch, aber seine Gedanken waren daheim in der Ljósvallagata, und wie er so in der Wehmut des Abends dasaß, kam das Gespräch wieder hoch, das er mit seiner Mutter gehabt hatte, kurz bevor sie an Bord des Schiffes gegangen waren.

Seine Mutter sagte: »Ich weiß sehr wohl, lieber Ragnar, daß ich euch in dieser Sache nicht hätte raten können, und du und Olli, ihr könntet angefangen haben, Spanien mit Hilfe von Dolmetschern zu regieren, ohne daß ich gefragt worden wäre.«

»Man weiß nie«, sagte Ragnar. »Wenn wir siegen, kann Olli genausogut zum Ingenieur gemacht werden.«

Aber seine Mutter fuhr fort: »Der Lateindichter Arngrímur, der Vater meiner Urgroßmutter Guðný, reiste nach Kopenhagen, um mit dem König eine Sache zu besprechen, die seinen Vater betraf, und der verstorbene Ólafur, dein Vater, segelte nach Grímsby, wovon er oft erzählte und was zweifellos eine bemerkenswerte Stadt ist. Darüber hinaus weiß ich nicht, wie weitgereist unsere Verwandten gewesen sind.«

»Nein, die Menschen heute sind nicht so weitgereist wie die Helden der alten Zeit«, sagte Ragnar. »Die Unterdrücker haben die Leute festgehalten, wo sie waren.«

»Abgesehen davon, daß du jetzt auf dem Weg nach Spanien bist«, sagte Guðný, »und niemand außer dem Herrn weiß, was dich dort erwartet, und obwohl ich dich lieber in der Heilsarmee wüßte als in der republikanischen Armee, will ich für dich beten und auch für Olli und dich.«

Ragnar guckte seine Mutter an und sagte: »Dank dir, Mama, aber Gott muß gegen die Faschisten sein, und dann weiß er, daß man ihnen nicht mit Choralgesang und Gitarrenspiel begegnen kann.«

Ragnar betrachtete noch immer sein Weinglas und sah dann zu Olli. Olli sprach fließend Englisch mit einem Mann am Nebentisch. Als das Gespräch beendet war, wandte er sich wieder Ragnar zu. Ragnar erzählte Olli, was seine Mutter gesagt hatte, daß es ihr lieber wäre, er ginge in die Heilsarmee statt in die republikanische Armee.

Da lachte Olli. Er lachte darüber den ganzen Abend und bis in die Nacht, und dann sagte er: »Wenn ich einem Hinrichtungskommando der Faschisten gegenüberstehe, dann sage ich, ich hatte die Absicht, in die Heilsarmee zu gehen, bin aber versehentlich bei der republikanischen Armee gelandet.«

Und wieder lachte Olli.

5

Arnfinnur kam auf einem anderen Weg als Olli und Ragnar, aber auch er war in Paris. Dort versammelten sich die Freiwilligen, junge Männer aus unzähligen Ländern. Sie wurden vor Tito geführt, Führer der Spanienhilfe und späterer Präsident Jugoslawiens.

Die französische Eisenbahnergewerkschaft sorgte dafür, daß die Freiwilligen an die Landesgrenze transportiert wurden. Im Zug waren keine feinen Herren mit Taschenuhr und Reisekoffern, keine Frauen, keine Kinder. Die meisten hatten beinah kein Gepäck. Viele verschiedene Sprachen schwirrten durch die Waggons. Männer nickten einander zu. Solidarität stand in den Gesichtern, während das Land an ihnen vorbeiglitt, Weinberge, Bauernhöfe und Dörfer.

Als sie die Grenze erreicht hatten, verabschiedete sich Tito und überließ die Freiwilligen der Obhut neuer Führer. Tito war ein kräftig gebauter Mann, untersetzt, mit verbissenem Ausdruck. Er zog sich die Handschuhe aus und verabschiedete alle mit Handschlag, hundert Mann, und sah ihnen gleichzeitig in die Augen. An seinen Fingern glänzten Goldringe.

Der Mond warf seinen Schein über die Bergkette.

Die Freiwilligen verschwanden in eine bewaldete Schlucht und verwandelten sich im Dunkeln in Schattenwesen.

Ein Bach floß durch das enge Tal und glitzerte im Mondschein.

Jetzt tauchten dunkelgekleidete Männer mit Baskenmützen auf und führten die Neuankömmlinge auf dem Weg über die Bergkette. Sie schlichen durch Buschwerk, überquerten Schotterflächen und kletterten Berghänge hinauf.

Hinter ihnen lag eine unendliche Hochebene, gebadet im Silberstrahl des Mondes, und überall im Dunkel verstreut saßen kleine Dörfer wie gelbe Sterne.

Vor ihnen erstreckten sich weitere Berghänge, eine weglose Gegend, wo ein Bergkamm den anderen ablöste. Hier ist es windgeschützter als auf der Hellisheiði und milder als auf der Holtavörðuheiði, dachte Ragnar, aber es wurde doch kälter, je höher sie kamen.

Olli und Ragnar spürten, wie sich die Müdigkeit im Körper ausbreitete.

Dieser lange, gewundene Weg endete an einer Grenzstation, einem alten Steingebäude, wo in einem Saal unter Bogengewölbe ein Feuer brannte. Müde Männer tranken Kaffee und streckten sich zum Schlafen aus, die Pyrenäen unter den Fußsohlen.

Hier wurden Olli und Ragnar in die Internationalen Brigaden eingeschrieben – Brigadas Internacionales. Sie gehörten zum Thälmann-Bataillon, benannt nach dem deutschen Kommunisten Ernst Thälmann; in diesem Bataillon gab es zahlreiche Nordlandbewohner.

Viele der Männer waren hochgewachsen, aber als klar wurde, daß keine Uniform Ragnar paßte und daß man den Mantel eines französischen Eisenbahners zu einer Jacke für ihn umarbeiten mußte, erhielt er den Spitznamen »Big Boy«.

Die Hose, die er bekam, hielt er mit einer Schnur um die Taille zusammen, die Hosenbeine reichten ihm bis zur Mitte der Wade. Die Uniform, die Olli tragen sollte, war passend für ihn und stand ihm gut.

Olli und Ragnar blieben ein paar Tage an der Grenzstation und wurden im Waffengebrauch trainiert, dann ging die Reise zu den Kampfplätzen.

Sie fuhren mit dem Zug durch Katalonien und in die Gegend von Valencia. Lange sahen sie nichts anderes als Felder voller Apfelsinen. Ragnar war sprachlos. Er konnte die Apfelsinen, die er in seinem Leben gegessen hatte, an seinen Fingern abzählen.

Die Freiwilligen machten halt in einem Dorf. Sie wurden gut aufgenommen. Die Faschisten hatten ein Dorf in der Nachbarschaft in ihre Gewalt gebracht.

Ein Offizier hielt eine Rede an die Soldaten.

Dann zogen sie in den Kampf.

Die Soldaten gruben Löcher in die Bergflanken und richteten sich ein wie Papageientaucher auf Felsvorsprüngen. In der Ferne hörte man Kanonendonner.

Sie warteten auf Befehle, die Gewehre im Anschlag, aber es kamen keine Befehle.

Dunkelheit setzte ein. Plötzlich verstummten die Waffen. Die Faschisten hatten aufgehört zu schießen.

Olli und Ragnar stiegen den Berghang hinunter, kamen auf einen Weg, der zu einem Dorf führte.

Es war stockdunkel.

Die Sterne glitzerten wie daheim in den westlichen Stadtteilen, aber Ragnar kamen sie größer und zahlreicher vor. Er betrachtete noch den Himmel, als ein Feuerschein in der Luft aufstieg.

»Jetzt kämpfen sie Mann gegen Mann«, sagte Olli.

Die Spanier in der Gruppe gaben ihnen Zeichen, den Weg zu verlassen. Sie verschwanden in unwegsamem, mit Gestrüpp bewachsenem Gelände, wo sich tiefe Klüfte öffneten. Der Feuerschein stammte nicht vom Kampf, sondern von der Explosion einer ganzen Autoladung Munition, die die republikanische Armee nicht hatte wegschaffen können, bevor das Dorf fiel.

Kapitel sechsundzwanzig

1

Olli war nie darauf versessen, vom Spanischen Bürgerkrieg zu reden. Aus seinen Äußerungen zu schließen, hatte er zwei Jahre in einem Loch gesessen, und die Kugeln waren über seinen Kopf gepfiffen; Ragnar aber erzählte Geschichten aus dem Krieg.

Wenn Ragnar bei Papa und Mama zu Besuch war, saß er auf dem Sofa gegenüber dem Gemälde vom Þingvellir und erzählte Geschichten.

»Einmal nach einem heftigen Kampf mit den Kanaillen«, sagte Ragnar, denn so nannte er die Faschisten oft, »ruhten wir uns in einem Tal aus. Ich wunderte mich plötzlich über die unglaubliche Stille. Ich zog mir das Unterhemd aus und fing an, mich nach Läusen abzusuchen, wir waren nämlich verlaust wie Landstreicher. Dann gucke ich hoch, und was sehe ich: Zweihundert Mann sitzen da in dem engen Tal und suchen sich nach Läusen ab. An einem sonnenhellen Tag. In brütender Hitze.«

Ragnar schilderte dies wie ein Gemälde; er guckte ja auch das Þingvellir-Gemälde an, während er sprach.

Die Leute hörten Ragnar zu wie die Hafenarbeiter in der Kohle, mit aufgesperrten Kiefern. Manche glaubten kein Wort von dem, was er sagte, andere zogen nicht das Geringste in Zweifel.

Ragnar selbst sagte: »Ich lüge nie. Ich schmücke nur aus.«

Einmal rollte er in einer Tonne einen Berg hinunter, sprang aus der Tonne und fiel den Kanaillen in den Rücken.

Einmal rannte er mit einem Maschinengewehr auf der Schulter einen Berg hinauf.

»Und einmal hatten wir ganz höllisch gehungert und kamen an eine Wiese, wo ein paar Pferde waren. Eines von ihnen war auf eine Landmine getreten und war schwer verletzt. Ihm fehlte ein Bein, und von seinem Leben war nichts weiter übrig als seine Qualen. Ich bin geradewegs zu ihm hingegangen und hab es erschossen. Dann hab ich ein scharfes Messer genommen und das Tier aufgeschnitten. Ich hab die Jungens gebeten, Reisig und Äste zu sammeln. Dann haben wir das Fleisch über der Glut gebraten. Es hat uns das Leben gerettet, und es war genug zu essen da für die nächsten Tage.«

2

Ragnar war mit Olli und anderen Soldaten auf dem Weg in ihr Lager.

Sie kamen an einen Herrenhof.

Dort war alles so seltsam ruhig und still.

Nichts bewegte sich, kaum ein Rauschen in den Blättern; der Krieg hatte sie für Geräusche empfindlich gemacht.

Es war niemand da. Alle waren weg, alles hatten sie verlassen.

Das Haus war von einem Park mit schattigen Alleen, Palmen und fließendem Wasser umgeben. Als sie ins Haus traten, sahen sie riesengroße Gemälde an den Wänden.

Ragnar hatte nie ein vergleichbares Wohnhaus gesehen. Es gab große Schränke voller Kristallgläser, aus denen die Soldaten tranken und die sie dann über die Schulter wegwarfen.

Als sie hinunter in den Keller kamen, fiel ihr Blick auf große Tonnen, auf die geschossen worden war.

Aus ihnen war in reißenden Strömen der Wein geflossen, über einen Steinboden, durch eine Rinne und hinaus in ein Bassin.

Das Bassin war voller Wein.

Die Soldaten wollten anfangen, sich auszuziehen, und in den Wein tauchen und schwimmen, aber da wurde von der Scheune aus gerufen.

Sie liefen vom Bassin zum Scheunentor. In der Scheune sahen sie eine ganze Familie, die an den Querbalken baumelte.

»Da war uns das Ganze nicht mehr geheuer«, sagte Ragnar.

Der Himmel ist in Wolken gehüllt.

Jenseits des Flusses Ebro fahren die Wagen der Faschisten. Die Scheinwerfer flackern im Dunkel.

Die Soldaten kriechen aus ihren dreckigen Decken, verlassen ihre Erdlöcher und gehen den Weg hinunter auf den Fluß zu.

Der Fluß windet sich geheimnisvoll.

Die Soldaten suchen Deckung in Senken und Gräben.

Die Minuten vergehen im Schneckentempo. Alle haben die Gewehre im Anschlag. Die Patronengürtel sind voll.

Plötzlich erschallt eine Maschinengewehrsalve. Rotgelbe Blitze tanzen durch die Luft. Eine Granate kommt angeschossen und schlägt dicht bei ihnen ein. Dann noch eine, dann noch eine, eine nach der anderen. Kies, Steine und Sand spritzen nach allen Seiten.

Ehe er sich's versieht, befindet sich Ragnar auf freiem Feld und sieht keinen anderen Schutz als einen Baum. Er quetscht das Gesicht an den Baum und hält sich die Hände über den Kopf.

In der Luft hört er ein schwaches Summen, das jäh zu einem kräftigen Heulen wird. Der Ton wird lauter und endet in einem fauchenden Brüllen.

Die Erde zittert.

Die Druckwelle ist wie ein heftiger Schlag ins Gesicht.

Bäume und Büsche wirbeln durch die Luft.

Dann verschwinden die Flugzeuge, aber die Geräusche hängen weiter in der Luft wie Erinnerungen, die nie vergessen werden.

Ragnar sah den Mann am Boden liegen.

Er war dem Tode nah, zeigte aber noch Lebenszeichen. Ragnar warf sich den Mann über die Schulter und rannte los.

Während Ragnar über eine Brücke lief, ging eine Gewehrsalve los.

Als Ragnar über die Brücke kam, war der Mann so löcherig wie ein Sieb.

»So hat mir ein Toter das Leben gerettet«, sagte Ragnar später.

Später im Krieg war Ragnar bei den Krankentransporten. Manchmal trug er zwei Verletzte auf den Schultern. »Da hab ich gespürt, daß ich nicht allein war. Nicht ich habe diese Männer getragen«, sagte Ragnar.

Er bekam Gaze und Pflaster im Lager, sammelte die Verletzten ein, deren Zahl von Tag zu Tag wuchs.

Manchmal mußte er die Adern zusammendrücken, um die Blutung aufzuhalten.

Mit der Zeit, als der Rückzug nicht endete, hielten die Offiziere dies nur für eine Verschwendung von Gaze und Pflaster.

Alles ging drunter und drüber.

Die neutrale Haltung Englands und Frankreichs baute darauf, daß das republikanische Heer die Hände in den Schoß legte, während Deutsche und Italiener ihre eigene Politik machten und den Faschisten halfen, wo sie konnten.

Die Engländer verhängten eine Hafenblockade über die Republik, und hinzu kam, daß gefordert wurde, die Freiwilligen sollten abziehen.

3

Ehrendiplom für Ragnar Ólafsson – *Carnet de honor.*

Hiermit werden Sie zum Mustersoldaten im 35. Bataillon des Allgemeinen Volksheers ernannt, als Freiwilliger für die Freiheit. Durch Ihre Taten waren Sie unserem Volk ein glänzendes Beispiel im Vormarsch der Internationalen Brigaden und der Demokratie auf der Welt, im Kampf gegen die Invasion des Faschismus.

Die Soldaten des Bataillons, alle Spanier, werden Sie, der Sie ihnen bei der Verteidigung der Selbständigkeit unseres Landes Beistand geleistet und sich durch heldenmütigen Kampf Ruhm erworben haben, nie vergessen.

Indem wir unser Schlagwort rufen: Die internationalen Freiwilligen leben hoch!, halten wir fest, daß die Spanische Republik ihre ungeteilte Selbständigkeit zurückgewinnen wird.

...

Ragnar erzählte Geschichten aus dem Bürgerkrieg, aber nachdem Arnfinnur nach Island zurückgekehrt war, schrieb dieser seine Erinnerungen an den Krieg nieder. Sie wurden als Buch veröffentlicht, Titel: *Mit der Freiheit als Waffe.*

Die letzten Kapitel des Buches schrieb Arnfinnur im Gefängnis in Litla-Hraun. Er wurde zu fünfzehn Monaten Gefängnis verurteilt, weil er ein Flugblatt verfaßt und an die britischen Soldaten verteilt hatte, die das Land besetzt hielten.

In dem Flugblatt werden britische Soldaten aufgefordert, nicht die Aufgaben isländischer Arbeiter zu übernehmen, die sich damals im Arbeitskampf befanden.

Dort heißt es: »Schickt Eure Unteroffiziere zu den Vorgesetzten mit dem Bescheid, daß Ihr nicht der Ansicht seid, solche Einmischungen gehörten zu Eurer Pflicht als Soldaten.

Macht sie darauf aufmerksam, daß Ihr im Heer seid, um gegen den Faschismus zu kämpfen, nicht gegen das isländische Volk...«

In dem Buch *Mit der Freiheit als Waffe* schildert Arnfinnur die Abreise der Freiwilligen aus Spanien: »Die Küstenstadt liegt still da. Ein Wald kalter Fabrikschornsteine erhebt sich vor dem tiefblauen Himmel. Die Baumwollfabriken sind still und dunkel. Ihre Maschinen verrosten. Die Hafenblokkade sorgt dafür.

Der Abend ist mild und ruhig, nirgends ein Licht zu sehen. Am Bahnhof hat ein Zug haltgemacht. Hinein strömen dunkle Gestalten, Männer, alltäglich gekleidet, mit Bündeln oder kleinen Koffern.

Das sind dänische und norwegische Genossen, außerdem Eyjólfur Jóhannesson und ich, aber der dritte isländische Freiwillige, Ragnar Ólafsson, liegt verletzt im Hospital und ist nicht reisefähig.«

Nachdem Arnfinnur aus Litla-Hraun entlassen worden war, kam das Buch über den Spanischen Bürgerkrieg heraus. Im Jahr darauf unternahm er eine Reise in den Osten des Landes als Agitator der Sozialistischen Partei; die Kommunistische Partei Islands war zu diesem Zeitpunkt aufgelöst. Mehr wird nicht berichtet über diese Tätigkeit, aber Arnfinnur fand eine Fahrgelegenheit auf einem Heringstrawler von Seyðisfjörður.

Es ist nicht bekannt, ob der Heringstrawler beschossen wurde oder auf eine Mine lief, jedenfalls verschwand er mit Mann und Maus.

Der Idealist Arnfinnur Arnfinnsson kam unbeschadet durch die Höllenflammen des Spanischen Bürgerkrieges, aber sein Leben endete an der Küste Islands.

4

Ragnar Ólafsson kam nicht unbeschadet durch die Höllenflammen. Er war verletzt, wie es in Arnfinnurs Buch steht.

Ragnar bekam in der Schlacht am Ebro einen Schuß in den Arm, wenige Tage, bevor die Freiwilligen nach Hause geschickt wurden.

Ragnar wurde in ein Feldlazarett gebracht.

Der Ellenbogen wurde gebeugt und eingegipst. Ragnar verlor den kleinen Finger und alle Kraft in den Muskeln des Daumens.

Im Feldlazarett herrschte Chaos. Verletzte Männer kamen. Manche starben. Soldaten vom Krankentransport liefen ziellos umher.

Eines Morgens setzte Ragnar sich auf und sah, daß der Arzt tot am Boden lag. Unzufriedene Soldaten hatten ihn für einen Faschisten gehalten, waren ins Lazarett eingedrungen und hatten ihn erschossen.

Ragnar spürte die Spannung in der Luft.

Er stand vom Bett auf und ging aus dem Lazarett, und gleichzeitig sah er sich selbst als kleinen Jungen aus einem Gebäude gehen. Später behauptete er, eine unsichtbare Hand habe ihn aus dem Lazarett geführt.

Er ging weg, verschwand in ein Waldstück und zündete sich eine Zigarette an. Während Ragnar dastand und rauchte, hörte er eine Explosion, und als er zurückkam, war das Feldlazarett dem Erdboden gleichgemacht.

Die Faschisten hatten einen Luftangriff geflogen. Es rauchte aus den Ruinen. Tote Männer lagen überall, und Ragnar selbst war an einem Arm lahm.

Ragnar machte sich auf den Weg. Er verließ den Ort zu Fuß.

Es war ein Marsch von mehreren Tagen. Er ging durch Wälder und Täler.

Als er die französische Grenze erreichte, schwirrten unzählige Flugzeuge durch die Luft.

An der Grenze wurden ständig Luftangriffe geflogen. Dorthin strömten Flüchtlinge, meist einfache Bürger, Frauen und Kinder. Ragnar wartete lange an der Grenze. Die Flüchtlinge wurden in kleinen Gruppen hinübergelassen, und wenn sie auf französischem Territorium waren, wurden sie in einem Viehpferch zusammengetrieben, den die Fremdenlegion bewachte.

Ragnars Kleidung entnahm man, daß er Soldat war. Man holte ihn aus dem Pferch und brachte ihn in ein Kloster, wo Soldaten aus dem republikanischen Heer unter Bewachung standen.

Im Kloster waren viele Anarchisten. Sie haßten die Katholiken, die das Kloster führten, und die Katholiken haßten sie. Die Katholiken ließen die Anarchisten hungern, schlugen sie und verboten ihnen zu rauchen, aber die Anarchisten schissen auf die Katholiken. Ragnar war in einen neuen Krieg geraten, der, wenn man so will, nur ein verkleinertes Bild des alten war. Manche Anarchisten waren noch in Haft, als die Nazis Frankreich eroberten, und eines Tages kamen sie ins Kloster und holten sie.

Sie wurden an die nächste Wand gestellt und erschossen.

Ragnar hatte ununterbrochen Schmerzen im Arm. Er mußte die Zähne zusammenbeißen, um schlafen zu können, aber Ragnar war höflich, ging in die Messe und machte keine Schwierigkeiten.

Er bekam die Erlaubnis, sich außerhalb der Klostermauern zu bewegen und in dem kleinen französischen Dorf herumzuspazieren, in dem er sich befand. Zunächst beachtete Ragnar die Ausgangsregeln, die man ihm auferlegt hatte, und manchmal gelang es ihm, Obst und Tabak zu besorgen und seinen Mitgefangenen mitzubringen; viele Leute in dem Dorf hegten Sympathie für die Republikaner und beklagten ihre Niederlage.

Eines Tages verließ Ragnar das Kloster und kam nicht wieder. Er konnte sich den Dorfbewohnern verständlich machen und wurde zum Büro der französischen Kommunistischen Partei geführt, das im Nachbardorf lag.

Die französischen Kommunisten schalteten sich ein und nahmen Kontakt mit der dänischen Botschaft in Paris auf, denn damals lag die isländische Außenpolitik noch in den Händen der Dänen. Die dänische Botschaft reagierte umgehend und schickte einen Bevollmächtigten nach Südfrankreich, der Ragnar nach Paris begleitete.

Ragnar bekam in Paris neue Kleider und wurde nach Kopenhagen geschickt. Als er dort ankam, wurde er in ein Krankenhaus eingewiesen, wo man seine Verwundungen näher in Augenschein nahm. Es stellte sich heraus, wie schlecht seine Wunden behandelt worden waren. In ihnen waren noch Granaten- und Knochensplitter; es fehlte nicht viel, und Ragnar hätte einen weiteren Finger verloren.

Kurz darauf war er an Bord eines Passagierschiffes. Die Fahrt ging nach Island.

Kapitel siebenundzwanzig

1

Als Olli aus dem Krieg heimkehrte, hatte er eine einjährige Tochter, aber keine Frau. Unnur die Schöne hatte es aufgegeben, auf ihn zu warten, und einen anderen Mann einziehen lassen.

»Ich habe nicht damit gerechnet, daß du zurückkommen würdest«, sagte sie, mit Tränen in der Stimme, als Olli in der Tür erschien, mit heiterem, erwartungsvollem Gesichtsausdruck, als wäre er gestern abgereist oder eben auf einen Sprung im Laden gewesen, um Streichhölzer zu kaufen.

Olli begrüßte seinen Sohn, Stanley, der wirklich gewachsen war. Er ging durchs Zimmer wie ein Offizier, und Olli grüßte ihn auf militärische Weise. Dann wandte er sich seiner Tochter zu, die Margrét hieß. Mit bewundernden Blicken betrachtete er sie, ihre Schönheit, die ihm zulächelte wie die wärmsten Sonnenstrahlen in Spanien.

Dann verließ Olli den Grundarstígur, nahm nichts weiter mit als seine alten Boxhandschuhe, einige Bücher und ein gerahmtes Porträt von Stalin. So ging er den Grundarstígur hinunter, bis er um die Ecke verschwand.

Olli war nach seiner Heimkehr aus dem Krieg nicht weniger elegant. Er hatte sich einen Schnurrbart wachsen lassen und sich auf der Heimreise einen schicken Hut angeschafft. Die Sachen, die er trug, waren ein maßgeschneiderter Anzug und ein Staubmantel mit Schulterklappen.

So ging Olli durch die Stadt: mit einem Paar Boxhandschuhen über der Schulter, einem gerahmten Porträt von

Stalin unter einem Arm und einigen Büchern unter dem anderen, im maßgeschneiderten Anzug, Staubmantel und mit Hut.

Olli übernachtete eine Zeitlang mal bei diesem, mal bei jenem Freund, kam aber dann an ein ungewöhnlich großes Klaviergehäuse. Er ließ das Gehäuse in die Nähe des Hafens transportieren und zog in das Gehäuse ein, mit Handschuhen, Stalin und den Büchern.

Nach dem Aufenthalt in den Schützengräben in Spanien war ein Klaviergehäuse wie dieses die reine Luxuswohnung.

»Es könnte nicht besser sein«, sagte Olli manchmal und lachte.

Olli verdingte sich auf einem Trawler und wohnte im Klaviergehäuse, bis er wieder hinaus in die Welt fuhr, zu neuen Abenteuern, von denen die Geschichtenerzähler noch heute berichten.

Später, wenn meine Onkel Geschichten aus dieser Zeit erzählten, wurde über diese Periode nie anders gesprochen als die Periode, in der Olli im Klaviergehäuse wohnte; das war eine ganze historische Epoche auf einer Linie mit denen, die andere nach Regierungen oder Wirtschaft und Handel benennen.

»Ich hatte angefangen, bei Eimskip Säcke zu schleppen, als Olli im Klaviergehäuse wohnte«, sagt Kári. »Das Ding war wirklich nicht klein.«

Es gelang Olli, im Gehäuse eine Garderobe anzubringen. Da stand ein Bett, und das Porträt von Stalin hing an einer Wand.

Wenn Olli an Land war, kam er aus seinem Klaviergehäuse, im maßgeschneiderten Anzug, Staubmantel mit Schulterklappen, den Hut auf dem Kopf und den Schnurrbart wohlgepflegt. Die, die ihn auf der Straße sahen, glaubten, da komme ein wohlhabender Mann von Welt, aber niemandem kam in den Sinn, daß er in einem Klaviergehäuse wohnte und nichts weiter besaß als ein Paar Boxhandschuhe, ein Porträt von Stalin und einige Bücher.

2

Während Olli und Ragnar am Bürgerkrieg in Spanien teilnahmen, veränderte sich die Welt meiner Großmutter.

Sie war aus der Ljósvallagata ausgezogen und wohnte jetzt in einer geräumigen Wohnung am Laugavegur. Sie hatte auch mit der Fischverarbeitung aufgehört, beugte sich nicht mehr über Wannen oder stapelte Fisch.

Ihre Söhne Halli, Ívar und Kári versorgten die Familie zusammen mit Gummi, der ebenfalls in die Hauptstadt gezogen war und bei seiner Mutter wohnte.

Auch Sæunn war in die Stadt gekommen und wohnte dort, aber sie war schwer krank, denn sie litt an Tuberkulose, und mußte oft ins Krankenhaus. Wenn es ihr besser ging, war auch sie bei ihrer Mutter zu Hause.

So waren alle an ihrem Platz, außer Ragnar, der lange auf sich warten ließ. Keiner hörte etwas von ihm. Es vergingen Wochen. Es vergingen Monate. Arnfinnur und Olli waren längst heimgekehrt.

Die Brüder wiesen auf die Kampflage hin, was die Zeitungen davon berichteten, und schüttelten ungläubig den Kopf, wenn ihre Mutter sagte, sie spüre die Gegenwart ihres Sohns, und behauptete, eines schönen Tages werde er heimkommen.

Was machte es für die Faschisten für einen Unterschied, ob sie einen Isländer erschossen?

In ihren Gefängnissen saßen mehr Menschen als alle Isländer zusammen.

Ihrer war die Macht und die Herrlichkeit.

Olli wußte, daß Ragnar am Arm verwundet worden war, und hatte unklare Gerüchte über den Bombenangriff auf das Feldlazarett gehört, aber das wollte er Guðný nicht erzählen, weil sie so völlig überzeugt davon war, daß ihr Sohn noch lebte.

Ragnar erschien ihr im Traum. Er stand da, umgeben von

einem starken Schein, und sprach Sätze in fremden Sprachen. Manchmal waren rote Flecken in dem Schein. Sie waren wie der Zweifel, der sie hin und wieder beschlich.

Sie verstand die Sprachen nicht, die Ragnar sprach. Sie wußte, daß keine von ihnen Norwegisch war, denn den Klang dieser Sprache kannte sie von der Heilsarmee. Diese hatte in ihren Reihen hier im Lande immer einige Norweger.

Vielleicht sprach Ragnar Spanisch, vielleicht Russisch, oder es waren die Zungen der Apostel. Auf den Versammlungen der Pfingstgemeinde sprachen Menschen in Zungen, die niemand verstand und von denen man nicht wußte, woher sie kamen.

Lange Zeit war vergangen, seit Guðný als kleines fröhliches Mädchen am Rand der Hauswiese gestanden und die Armenhäusler gesehen hatte, wie sie an einem rauhreifbedeckten Tag langsam in die Landgemeinde Reykárhreppur ritten – lange Winter und lange Nächte.

Es gab dunkle Tage und helle Tage.

Es gab Weinen, und es gab Lachen.

Doch ihr war, als wäre es immer länger her, daß Ragnar Abschied genommen hatte. In ihren Gedanken stand sie noch immer am Kai und sagte den beiden Freunden Lebewohl. Sie vermißte Ragnar und erkannte erst, nachdem er abgereist war, wie lieb sie ihn hatte.

Sie ergriff immer öfter für ihn Partei. Sätze, die er gesagt hatte, rief sie sich ins Gedächtnis. Sie wurde radikaler in ihren Ansichten, kaufte den *Þjóðviljinn* und las ihn von der ersten bis zur letzten Seite; das *Verklýðsblaðið*, das *Arbeiterblatt*, war eingegangen, aber der *Volkswille* hatte es abgelöst.

Während Ragnar in katholische Messen ging und an all das dachte, was er erlebt hatte und wofür es eine rein rationale Erklärung nicht gab, saß seine Mutter am Laugavegur, las den *Þjóðviljinn* und dachte an Jesus und die Gerechtigkeit unter den Menschen.

Guðný war, genauer gesagt, im Begriff, sich in Sachen Politik mit der Pfingstgemeinde anzulegen.

Einer der führenden Prediger der Pfingstgemeinde, Ágúst Sigurðsson, hatte auf einer Versammlung harte Worte über die Kommunisten gesagt, und was schlimmer war: Guðný empfand, daß er ihren Sohn beleidigt hatte.

Ágúst war ein beredter Mann. Er war in mancherlei Bedrängnis geraten, bis er in Jesus Christus seinen Erlöser fand. Er hatte den Becher der Freude geleert und war tiefer und tiefer im Schmutz versunken.

Dies schilderte er auf den Versammlungen.

»Bis zu diesem Zeitpunkt hatte ich geglaubt, das Christentum sei nur etwas für alte Leute«, donnerte Ágúst über die Köpfe der Gemeinde. »Ich war weit draußen in der Welt, bis ich zum Kreuz kam. Als ich den Becher bis zur Neige geleert und jeden Tropfen aufgeleckt hatte, landete ich im Gefängnis. Ich war ein Trinker geworden und hatte keine Kontrolle über mich selbst. Es ist schwer, die Verzweiflung zu beschreiben, die mich übermannte, als die Zellentür hinter mir zufiel. Aber eines Abends saß ich in meiner öden Zelle und starrte in die Abenddämmerung hinaus. Mein Gesicht war gemeißelt vom Schmerz des gebrochenen Mannes. Ich griff mit kraftlosen Händen um das kalte Eisengitter des Fensters und preßte meine Stirn an dieses kalte Hindernis und starrte auf den weißen Schneeharsch. Ich sah zwei kleine Vögel vom Himmel angeschwebt kommen und dann auf dem kalten Harsch herumhüpfen. Ich fing an, über den Kampf dieser kleinen Vögel nachzugrübeln, denen der Himmel mit Hagel, Frost und Sturm so übel mitspielt. Was hatten sie in ihrer kleinen Brust, daß sie sich nicht unterkriegen ließen? Hatten sie keine Erinnerungen an den milden Sommer, die grünen Zweige und die kleinen Nester?«

So schilderte Ágúst seine Bekehrung, als die Gottheit in seinem Herzen erwachte. Eines Tages erschienen Mitglieder der Pfingstgemeinde im Gefängnis und beteten für ihn. Da sah er das Licht. Da sah er Gott. Als Ágúst wieder ein freier Mann war, schloß er sich der Gemeinde an. Das Blatt hatte sich völlig gewendet. Er war ein neuer und besserer Mensch und wurde nach und nach zu einer der einflußreichsten Persönlichkeiten in der Pfingstgemeinde.

Aber Ágúst hielt mit seinen politischen Ansichten nicht hinter dem Berg. Er warnte die Mitglieder der Pfingstgemeinde vor den Kommunisten. Er hatte Kommunisten gekannt, als er jünger war, und sie hatten ihn auf Abwege geführt. Sie waren Teufel, rote Teufel. Als die Wahlen näher rückten, empfahl Ágúst den Pfingstgemeindemitgliedern die Unabhängigkeitspartei und sagte, diese sei ihre Partei.

Früher hatte Guðný seine Propaganda toleriert und so getan, als wäre nichts; die Worte aber, die sie trafen, waren folgende: »Kommunisten sind Werkzeuge des Teufels. Sie stacheln zum Krieg an und schicken junge Männer freiwillig in die Flammen der Hölle, wie auch in Spanien. Sie nennen sich Freiwillige, sind aber nur Werkzeuge...«

Ágúst sprach weiter, aber Guðný hörte nichts mehr. Noch nie hatte sie eine religiöse Zusammenkunft aus Protest verlassen. Ágúst Sigurðsson und die anderen Pfingstgemeindemitglieder waren schockiert, als ein so treues Gemeindemitglied wie Frau Guðný Guðmundsdóttir aufstand und ging, und eines Tages erschien Ágúst Sigurðsson höchstpersönlich in ihrer Wohnung am Laugavegur.

Er bat Guðný um eine Erklärung für ihr Verhalten.

»Es kann ja sein«, sagte sie, »daß du deine politischen Ansichten hast, aber du hast keine Vollmacht von Gott, sie in unserer Gemeinde zu verbreiten.«

»Manche politischen Richtungen sind Gott absolut nicht angenehm«, sagte Ágúst, »aber die Unabhängigkeitspartei hat den Glauben in ihrem Programm.«

»Aber daß Gott mit im Programm ist, bedeutet nicht, daß er auch in der Partei ist«, sagte Guðný. »Wenn er in unserem Land in der Unabhängigkeitspartei ist, in welcher Partei ist er dann in anderen Ländern? Gott hat keine Zeit dazu, sich in Politik einzumischen. Das überläßt er den Menschen und mischt sich nicht ein, in welche Partei sie eintreten. Sonst hätten sie keinen Willen und wären nicht frei.«

Ágúst Sigurðsson kratzte sich am Kopf. Er war ein beredter Mann, aber diesmal übertraf Guðnýs Beredtheit die seine. Als er ihr die Antwort schuldig blieb, fuhr sie unverdrossen fort: »Ich könnte genausogut behaupten, daß Jesus Sozialist ist und daß in der Botschaft des Kommunismus mehr Liebe zu finden ist als in den Tempeln des Kapitals. Ich sehe auch nicht ein, wie du auf der Kanzel stehen und meinen Sohn und seinen Freund verurteilen kannst, weil sie ihr Leben für arme Bauern und Proletarier unten in Spanien opfern wollen.«

»Jetzt verstehe ich, Guðný«, sagte Ágúst. »Dein Sohn ist einer von ihnen.«

»Und wir haben einen Vergleich geschlossen«, sagte Guðný, »zwischen ihm und seinen Ansichten und mir und meinem Glauben. Manchmal glaube ich geradezu, seine Ansichten sind mein Glaube und mein Glaube seine Ansichten.«

»Ich möchte dich um Entschuldigung bitten, Frau Guðný«, sagte Ágúst. »Wir haben dich so gern auf unseren Versammlungen gehabt und in unserer Gemeinde.«

»Ich will darüber nachdenken«, sagte sie, »wenn mein Sohn lebend nach Hause kommt. Bis dahin finden die Versammlungen ohne mich statt.«

»Ich werde für ihn beten«, sagte Ágúst. »Ich werde Gott bitten, daß er ihn mit einem Schiff zu dir schickt.«

Ein paar Tage später kam Ragnar heim.

Er stand an Deck des Passagierschiffes und konnte die Leute am Kai sehen. Für einen Augenblick kam ihm in den Sinn, seine Genossen seien da, um ihn zu empfangen, um ihn, heimgekehrt aus dem Krieg, willkommen zu heißen, aber dort am Kai standen gutgekleidete Leute, die auf andere Passagiere warteten als auf ihn.

Ragnar mußte sich zu seiner Familie durchfragen, so wie seinerzeit Großvater, aber dann ging er mit dem Arm in der Binde die Bankastræti und den Laugavegur hinauf, spürte die kühle Brise und stand plötzlich in der Tür.

Seine Mutter sah ihre Träume in Erfüllung gehen. Sie umarmte ihn und küßte ihn. Es wurde ein Freudentag. Guðný wußte, daß sie der Pfingstgemeinde verzeihen sollte, und ging gleich am nächsten Sonntag auf die Versammlung. Sie nahm Ágúst Sigurðsson bei der Hand und umarmte ihn. Auch sie war wieder heimgekommen. Zu Tränen gerührt, sah Ágúst ihr in die Augen und nickte.

3

Als dies geschah, war mein Vater Ólafur noch immer auf Grímsstaðir in der Landgemeinde Kambahreppur. Grímsstaðir war ein Torfhof, bestehend aus Stube, Küche und Vorratsraum. Dort war Papa seit zwölf Jahren. Er war noch keine Zwanzig und wußte nicht, ob er in die Stadt ziehen oder weiter bei Bauer Bjarni auf Grímsstaðir bleiben sollte.

Papa war bei seiner Mutter zu Besuch. Dies war kurz nachdem Ragnar heimgekommen war. Er trug den Arm in der Binde und ging im Zimmer umher, und Papa saß da und guckte ihn an. Sie waren Brüder, hatten einander aber nicht oft gesehen.

»Wie ist die Landwirtschaft in Spanien?« fragte Papa. »Da muß es viel Weideland geben und eine Menge gute Höfe.«

»Ui, ui, ui«, sagte Ragnar, »das mußt du dir vorstellen. Herrensitze, Großbauernhöfe und Katen. Ich sage dir, Óli, Spanien ist kein gewöhnliches Land. Da sind die Weintrauben wie Äpfel, die Äpfel wie Melonen und die Melonen, die sind...«, Ragnar dachte einen Augenblick nach, »... die sind wie Fußbälle.«

»Und der Krieg, in dem du warst?« fragte Papa. »Mußtest du viele erschießen?«

»Ganze Provinzen«, sagte Ragnar. »Die Faschisten, die ich erschossen habe, liegen wie Käfer in den Bergen.«

»Wie sind diese Faschisten?« fragte Papa.

»Das sind Kanaillen, nur sind sie sehr schwer zu beschreiben«, sagte Ragnar, »aber ihre Offiziere erinnern stark an Widder.«

»Widder?« sagte Papa. »Wir auf Grímsstaðir haben zwei ziemlich gute Widder, Der Dicke und Der Dünne.«

»Das sind gute Widder, sagst du?« sagte Ragnar.

»Ja«, sagte Papa. »Sie waren beide mit bei der letzten Widderausstellung in Kambahreppur. Der Dicke sollte den ersten Preis kriegen, aber der Richter, Árni Jónsson von der Landwirtschaftsgesellschaft, wollte nicht die reichen Bauern unterstützen, und deshalb kriegte Der Dicke keinen Preis.«

»So ist das, Óli«, sagte Ragnar. »Das Leben ist eine einzige große Widderausstellung.«

Am Abend trafen sie sich. Olli kam und Grímur der Boxer. Sie wollten in die Stadt spazieren, ins Café Hressingarskálinn reingucken oder in den Billardsalon, Olli und Grímur, Kári und Ragnar. Gummi war bei ihnen.

Papa wollte auch gern mit. Sie gingen den Laugavegur hinunter. Das Trottoir war nicht breit genug für sie, deshalb gingen sie auf der Straße und füllten auch die bald aus.

»Und ich hinterher«, sagt Papa, »ich bin ihnen gefolgt wie ein junger Hund.«

Isländische Literatur im Carl Hanser Verlag

Einar Már Guðmundsson
Engel des Universums
Roman
Aus dem Isländischen von Angelika Gundlach
1998. 196 Seiten

Guðmundsson beschreibt die Geschichte seines Bruders. Weil er meint, er sei Gauguin oder van Gogh oder beide zugleich, landet Páll in Kleppur, der Irrenanstalt. Dort trifft er auf Ole Beatle, der glaubt, er hätte alle Beatle-Songs geschrieben, und auf Viktor, der sich für Hitler hält. Eine Geschichte aus Island, geschrieben in einer eigenen, packenden und zugleich poetischen Sprache. Der Roman ist unter der Regie von Fridrik Thor Fridriksson verfilmt.

»Guðmundsson beweist, daß er beides besitzt: die Klarsicht und die Kühnheit der Phantasie, die einen großen Schriftsteller auszeichnen.« *The Times Literary Supplement*

»Ein irrwitzig heiteres Buch... ein rarer Glücksfall.«
Willi Winkler, Der Spiegel

Literatur über Island im Carl Hanser Verlag

Poul Vad
Islandreise
Aus dem Dänischen von Hanns Grössel
Mit dem vollständigen Text der Saga
von Hrafnkel dem Freysgoden,
neu übersetzt aus dem Isländischen
von Dirk Huth
1998. 184 Seiten

Auf den Spuren einer altisländischen Saga fährt Poul Vad ins Innerste des Landes: in ein einsames Tal nördlich vom Vatnajökull, dem höchsten Gletscher der Insel. Dort spielt eine Saga von Hrafnkel dem Freysgoden; eine der rätselhaftesten isländischen Sagas. Vad erkundet die Gegend, den Hof, auf dem Hrafnkel wohnte, und er trifft auf die Menschen, die Bauern des Landstrichs. Fiktion und Wirklichkeit, Reisebeschreibung und Literaturanalyse verbinden sich hier auf faszinierende Weise.

»Überaus anregende und unterhaltsame Einblicke in die Kultur des Landes, das noch viel Unbekanntes birgt.«
Klaus Böldl, Süddeutsche Zeitung

Isländische Literatur
im Paul Zsolnay Verlag

Einar Kárason
Törichter Männer Rat
Roman
Aus dem Isländischen von Claudia Tomany
1998. 320 Seiten

Ein witziger und abenteuerlicher Familienroman von einem der besten isländischen Erzähler. Wie die Kinder des Schrott-Fúsi im Wirtschaftswunderland Island den sozialen Aufstieg schaffen, ist eine spannende Geschichte voller origineller Typen und schillernder Charaktere, voller Unternehmensgeist und liebenswerter menschlicher Torheiten – ein großes Lesevergnügen.

»Eine mitreißende Hymne auf die menschliche Überlebenskunst.«
Matthias Peter, Berner Zeitung

»Kárason ist ein Meister im Abbilden von menschlichen Beziehungen.« *Marion Kohler, Literaturblatt Baden-Württemberg*

Die isländische Mafia
Roman
Aus dem Isländischen von Claudia Tomany
2001. Ca. 296 Seiten

Aufstieg und Fall der Familie Killian. Kárasons neuer Roman ist ein herzhaft komisches Sittengemälde: Dallas am Rande von Reykjavík.

»Der isländische John Irving. Spritzig, kurzweilig, zupackend auch in der Sprache... ein Lesevergnügen.«
Michaela Wagner, Süddeutscher Rundfunk